당신의 향기

박금란 시집

새로운 세상의 숲
신세림출판사

■ 자서

시집을 내며

숙연해지는 가을입니다. 농부가 가을걷이 하고 굽은 허리를 펴고 들녘을 바라보고 있습니다. 우리의 땀 흘린 삶은 사회를 위해 거름이 될 것입니다. 모진풍파 헤치고 온 우리의 삶은 이제 따뜻한 겨울 아랫목에서 서로 이야기들을 꽃 피워야 하겠지요. 더 나을 것도, 못할 것도 없이 한 떨기 꽃을 흔들며 서로를 응원하며 삶의 보람을 나눌 때 알곡 같은 삶의 진실에 우리는 행복해지겠지요.

만남은 자신을 배가 시킵니다. 시를 쓰는 것도 만남일 것입니다. 풀포기 꽃송이 돌부리 겨울나무 용솟음치는 파도, 그 속에는 오롯이 인간이 있을 것입니다. 인간의 눈으로 세계를 보고 참다운 인간형을 심는 것, 인간은 세계를 어우르는 힘으로 인간의 역사를 발전시켜 왔습니다.

민족의 만남은 통일입니다. 우리는 늘 그리워하며 살지만 이루지 못한 민족의 만남에 아직 가시밭길을 걷고 있습니다. 풀잎새 맺힌 이슬방울 같은 눈물을 우리는 얼마나 쏟았습니까!

그럽다고 울기만 해서는 안 됩니다. 무기를 갈아야지요. 그래서 시를 썼습니다. 부족한 저의 시를 보아 주시고 콩 한쪽 나눠먹는 정을 나누고 싶습니다. 고맙습니다.

박금란 드림

차례

차례

내 조국

사랑하는 내 조국
어찌 눈물로 사랑할 수 없으랴
분노로 사랑할 수 없으랴
투쟁으로 사랑할 수 없으랴

잔혹한 일제의 침략으로 모두 빼앗겨
풀뿌리 먹고 퀭한 눈으로
파란 하늘 어지럼증으로 빙글빙글 보이는
서러운 눈물 핑그르르 흐르는
뼈만 남은 동포를 떠올리며

생눈을 먹으며 허기를 쫓으면서도
일본군과 싸워 총질할 때는
날파람같이 날아오르는 기세로
백발백중 승리만이 있었다
다음 전투로 이동해야 했기에
희생된 동지의 무덤
한길 넘게 쌓인 눈으로 묻어주며
뼛속까지 저미는 아픔
전투에서 용맹으로 불붙듯이 살아나
일제놈을 물리칠 수 있었다

해방이 거저 온 게 아니다
미국놈 히로시마 원자폭탄으로 온 것이 아니다
침략자가 지배하기에 유리하게
가짜로 쓴 강요당한 역사를 배워
우리는 백치가 되었다

미제놈은 한반도 남쪽을 빼앗기 위해
38선 분단을 기획했고 모략을 꾸미고
힘으로 밀어부쳐
민족을 갈라놓았다
히로시마 원자폭탄은 해방이 아니라
일제에서 미제로 넘어간 또 다른 식민의 사슬
38선이 되었다

이남에는 미군정을 반대하는 통일투쟁과 생존권 투쟁이
골골마다 불타올랐고
미군정은 학살에 학살 학살

제주에는 도민의 4분의1이 학살당하는
꿈결같이 아름다웠던 섬이
피로 물든 까마귀 떼 죽음의 섬으로 떠올랐고

제주도민을 학살하러 가라는 미군정의 지시를
여수 14연대 군인들이 반대하며 들고 일어나
민중들과 함께 피로 싸운 여순항쟁

민족해방 계급해방을 위해 투쟁했거나 도와준 것에 대해
보고하면 살려준다는 미끼를 던져
이름 올린 사람들을
시체더미 쌓을 구덩이를 미리 파놓고
미군정의 감시 하에 일일이 학살한 보도연맹사건

우리민족 600만을 학살한 침략군 미군
역사는 사실이기에 증발하지 않는다
피의 역사의 진실을 밝히기 위해
배곯으며 발품을 팔며 조사하고 기록된 진실
살아남은 자들이 귓속말로 전해준 진실들은
우리 같은 후대들을 흔들어 깨웠다

제주 유채꽃밭을 보며
애국의 넋을 기리는 사람 몇이던가

투쟁의 핏빛이 서리서리 맺힌
여수 동백꽃잎을 보며
불끈 주먹 쥐는 사람 몇이던가

노랗게 핀 민들레를 보고
벽 틈새 공장에서 노예노동에 시달리다
투쟁하는 노동자를 생각하는 사람 얼마련가

투쟁은 그렇게 사무치고 억울하고 힘겨웠지만
목숨까지 바친 이름 없는 영웅들이 쌓아온 역사

역사를 잊은 민족에게 미래가 있겠는가

4.19와 부마항쟁 사북광산노동자투쟁 5.18무장전투
6.10항쟁 미완의 촛불혁명
빨치산처럼 싸우는 노동자투쟁
우리는 이렇게 끈질기게 피로 투쟁했다

4.15총선은
우리민족과 미제와의 투쟁이다
미래통합당의 매국의 식민정권을 위해
미국은 팔 걷어 부치고 나섰다
그래서 미국에 넘어간 윤석열 아니겠는가
안철수 아니겠는가
현대판 이완용이가 된
황교안패거리 미래통합당을 몰아내야
민족이 산다

세월호 참사 배후에 몸 숨기고 있는 미국을 물리치고
촛불혁명을 완수할
4.15총선의 승리는
민족해방을 이루기 위한
자주정권 민주정권 통일정권을 세우기 위한
첫 단추를 잘 꿰는 것이다

미국이 처 놓은 휴전선 철망은
바로 점선으로 이어진 매국노 몸통들이다

매국노 몸통들을 매장하면
휴전선은 진달래 개나리 꽃밭이 된다

미군은 우리를 지켜주는 것이 아니라
우리조국이 통일 될까봐 감시하고 지배하는
핵 덩어리다

외세에 의해 갈라진 피 흘리는 내 조국
우리민족의 자주적인 힘으로
통일되어야 한다

웬 주둔비 타령이냐
미국은 우리민족에게 사죄하고 배상하고
깨끗이 물러가야할 미군이다

카쓰라 태프트미일협약 때부터
한미워킹그룹까지
식민의 거미줄을 말끔히 걷어내기 위해
한생을 바치는
민족과 민중의 꽃이 되자

깊은 사랑 그대

사랑이 없는 사람 알겠냐마는
이 세상에는 정말
깊은 사랑이 있다

조국을 위하여 침략의 무리를 물리친
사선을 헤치고 기어이 이긴
사랑의 결정체 공화국

그 깊은 사랑을 알지도 못하고
함부로 말하지 말라

진실을 사랑하고
정의를 사랑하고
인류를 가장 뜨겁게 사랑하는
그 곳이 펄펄 살아있다는 건
인류의 희망이
고지를 향해 가고 있다는 것

가난한 집을 손가락질하는
돈이라는 잣대로는 결코 잴 수 없는 곳

인류의 미래가 잠기어가는 듯한

장대비 홍수 속에서도
깃발을 내리지 않고 고난의 행군을 계속하여
폭풍우 걷어낸 기적을 이룬
깊고 깊은 사랑이었다

인류가 마땅히 이루어가야 할
진실을 지키기 위해
고난의 생밥을 사랑으로 나누어 먹으며
사랑을 지킨
그 위대함은 무엇일까

진실이 승리한다는 확신의 무기
억만 겹의 적도 물리칠 수 있다는
인간이 가질 수 있는 가장 첨예한 무기
온몸으로 잘 짜여 진 사랑으로
한 몸이 된 단결의 무기는

돈으로 오합지졸 팔려온 제국주의 용병과
비교가 될 수 있을까

깊은 사랑으로 결속된
절정의 무기를 들고
모두 모두가 인간답게 살려는
인류의 꿈을 향해 계속 돌진하는
전투의 선두에는
깊고 깊은 사랑의 결정체

항상 승리의 그대가 있음에
인류의 앞날이 든든하다

겨울에도 초록으로 생생히 살아있는
생명 질긴 경이로운 풀줄기 꺾어 묶어
새해 온전한 사랑을 님에게 바칩니다

우리의 힘은 어디서 마련 되는가

동물세계, 자연세계와
같은 면이 있지만 다른 것이
인간세계다

생활을 하다보면 서로 상처주고
빗그러지는 때가 있기도 하지만
사랑을 샘물처럼 길어 올리는
인간으로 하여
질서가 잡혀지는 세계가
조금 조금 앞당겨 온다

아직 이 세상에는
짐승보다 못한 인간이 있어
인간다운 세상의 열망의 꽃을
똑똑 부러뜨리는
인간을 해치는
폭력의 힘이 있지만

그 폭력에 맞서다 보면
우리끼리 작은 차이나 오해, 사랑의 결핍
누더기로 드러난 몸에
서로 새 옷을 갈아 입혀주는

사랑은 민중의 마음속에
철철 흘러라

민중이 사랑으로 무장한다는 것은
우리끼리 격이 없고 담이 없다는 것
허허러운 우리의 속알에는
잔털 박힌 미움이란 미움은
봄눈 같이 녹아져
목화솜 같은 사랑만이 송이송이

싸우는 힘은 여기에서 솟구치고
온갖 불의한 것들
엿가락 같이 녹일 수 있는 힘
민중이야말로 못할 일이 없다
민중 속에 배어있는 사랑이
참사랑이기 때문이다

단결의 바탕이 되는 참사랑은
바로 승리의 힘
민중의 힘이다
8월에 송이송이 내리는 따뜻한 눈
민중의 사랑의 힘은 기적을 창조 한다

통일이 되면 이렇게 좋은 걸

바보 아니야?!
왜 우리 힘으로 통일을 안 하나
통일이 되면 이렇게 좋은 걸
세계 인류를 구원할 막강한 정치사상력
일제놈 미제놈은 찍소리도 못할 국방력
비정규직, 실업자, 집 없는 사람 없는
탄탄대로 경제력
세계 인민의 얽힌 타래 풀어줄 정의의 외교력
민족의 부지런한 노동과 명석한 두뇌로
세계 첨단을 이끌어갈 능력 있는 창조력

무너져 내리는 악의 축 미제놈에 붙어
지 몸 하나 보신하자고
통일을 방해하는 친일파 친미파들
통일된 베트남을 황급히 떠났던 보트피플,
아프칸에서 미제에 부역했던 탈출자들 신세가 되어
배든 비행기든 황망히 탈출할 놈들

민족의 반역자 솎아내고
백두산 호랑이 장가가서
해비가 기쁜 눈물로 내리고
하늘은 통일의 주체 민중을 우러러

하염없이 축복의 꽃잎를 뿌리는

1국가 2체제 연방제 통일이라면
오늘이라도 당장 통일할 수 있는
최고의 현실적 통일방안을 두고서
왜 통일을 못하나

우리 민족 갈라놓고
우리 민족 6백만을 학살한
미제국주의가
불벼락 맛을 보고 쫓겨 가는 날
민족의 힘 자주의 힘으로
양아치 미제를 내리치고
민족의 숙원 통일을 맞자

민족대단결

불의의 적을 무너뜨리자면
적을 최대한 고립시켜야 한다

여름나무의 촘촘히 달린
나뭇잎을 보라
큰 이파리 작은 이파리
서로 사이좋게 어울려
맑은 공기 내뿜는 노동으로
세상을 맑게 한다

세상이치 몸으로 터득하면서
나름 차이는 있지만
인간이 인간답게 살고 싶은
공동의 요구는
푸른 하늘 휘날리는 자유의 깃발

같은 동포와 살고 싶은 통일의 자유
일일이 간섭하며 가로막는 미제는
민족 공동의 적이다

미제의 지배를 끝장내고
통일을 하자면

너나없이 우리들로 둥근 강강수월래

우리들 품이 넓을수록
통하는 사람 많아져
정이 넘치고 사랑이 깊어져
통일의 길은 탄탄대로가 되니

통일의 보검 민족대단결
통일은 도량이 넓고 깊은
인간성의 추구다

품이 넓고 깊은데
사랑할 수 없는 사람 있을까

우리는 민족대단결 큰 힘으로
통일을 방해하는 세력을 고립시켜
때려눕힐 수 있다

주한미군의 필연적 운명

증오만 있고 파괴만 있고 학살만 있고
거짓만 있고 착취만 있고 식민통치만 있고
진실은 없고 사랑은 없고 평화는 없고 통일도 없는
한미연합전쟁연습은 골로 가는 것이다

민중을 분쇄기에 넣고 갈아먹는 것들
분열로 전쟁으로 살찐 썩은 고깃덩어리 미제여
느네 땅에서 전쟁연습 실컷하라

주한미군 전쟁연습 그림자라도
얼쩡거리면
무덤도 없이 잿가루로 사라지리니
떼몰살 당하기 전에
이 땅을 떠나라

지도자

보리밭 위의 종다리가
푸른 물결 위에서
누구를 저토록 맘껏 노래하는지

쇳물을 강철로 만드는 노동자가
누구의 힘으로 신심이 나서
땀 흘리는지

평양 1만세대 살림집 건설자들이
어찌 저리 한 호흡으로 한 웃음으로
손발이 척척 맞는지

그들은 지도자와 한 몸이 되어
하루하루 빈틈없이 사회주의 역사를 쌓아가며
서로 친히 동지라 부른다

남녘 우리들은 강팍한 자본주의 잣대로
사상을 가로막는 철책에 갇힌
삐딱한 시선이 구차하게 배어

북녘 지도자와 일꾼이 혈연으로 뭉쳐
뜨겁게 뜨겁게 포옹하는

동지애의 깊이를 미처 모른다

우리 민족 수백만을 학살한
미군정의 대리독재자 이승만
장기집권 독재고문권력 악독했던 독종 박정희
광주시민 수천명을 학살하고 국민을 등쳐먹은 전두환
프로포폴 몽환으로 세월호를 침몰시킨 박근혜
민주라 입에 올리면서도
사대굴종 식민을 걷어내지 못한
무능의 대통령들 보면서

제대로 된 지도자를 우리가 못 만나서
민중이 염원하는 통일도 못하고
돌아가는 기계에 끼인 목장갑처럼
꼼짝 못하고
국가보안법이 자극을 주면
말초적인 반응으로 웅크리는 굼벵이
우리가 이래서 쓰겠는가

현실에 두발을 단단히 딛고
세계를 당차게 열어가는
위대한 인간의 역사적 상상력의 힘으로
국가보안법도 없애고 철책선도 허물어
허물없이 동포를 껴안는
민족의 통일숙원을 푸는 첫길은

북녘지도자와 인민이 뜨겁게 한 몸인 것을
있는 그대로 보고 존중하면 된다

한 몸인 그들을 감동어린 시선으로 보면 안 된다는
재활용도 못할 쓰레기더미에 묻힐 국가보안법

참다운 지도자는 민중 민족의 이익을 앞세우니
사람이 주인답게 살아가며
자주적인 지도자와 한 몸이 되는
그런 지도자 만나고 싶다

가뭄에 쩍쩍 갈라진 논바닥 같은
남녘 정치판을 뒤엎고
맹호같이 미제의 지배와 간섭을 끝장내고
통일을 이루는 지도자
그런 지도자
민중은 간절히 만나고 싶어 한다

혁명성을 깨우자

인간이 사물과 달리
세상을 바꾸어 나가는 힘은
혁명성이 있기 때문이다

산골짜구니 바윗돌에도
넋을 불어 넣는 것이
인간이다

스잔한 가을낙엽을 보며
거름의 이치를 들고 나온 것이
인간이다

자식을 위해 후대를 위해
빗발치는 생을 헤쳐 나가는 것도
우리를 위해 밭을 일구는 것도
민중의 혁명성이다

자본주의 뒷골목에서
외로이 쓰린 속을 토해내는 것은
거세당한 혁명성의
절규 아니겠는가

혁명성은 우리들이라는 힘 속에서
발휘되는 것이다

삶을 토막 내는 자본주의 굴레는
인간의 혁명성을 맥 못 추게 잘라먹는
냉혹스런 자본가와 맞손 잡은
미제를 따르는 정치가와
엉터리 언론과 방송 교육
민중의 혁명성을
북어 두드리듯 해 처먹는
이 땅에서
무장해제 당할 수 없다

내 목줄에 개같이 끌려 다닌
잠시 잠든 혁명성을 스스로 깨우자
우리들로 세상을 보고 만나고
역사의 창조자로 혁신자로
두발로 당당히 걸으며
우리들이라는 힘을 만들어 나갈 때
바로 혁명을 하는 것이다

새들의 날갯짓에도 혁명성이 깃들어 있거늘
인간이야 당연히
안일과 해이 개인주의 감옥을 뚫고
혁명적으로 맞손을 잡자

아기장사

집에 잠시 들린 산사람 에비
대나무 숲을 서걱서걱 헤치며
산으로 가자마자
젖 물리던 에미 무명저고리
핏물 번져 뚝뚝 흐르고
서북청년단이 젖 먹던 아기장사
내던진 마당가에
삽살개가 우는 아기장사 발을
할머니 혀끝처럼 핥아 내리니
별들이 애끓어 눈물로 반짝이고
천벌을 받을 놈 천벌을 받을 놈
따오기 노래가 마을을 휘감고
에미 죽음은 그렇게 저며 갔다

죽어서도 원수를 갚는다는 귀신얘기가
사랑방마다 지펴져
굴뚝연기처럼 마을을 휘감았다

그렇게 아기장사 9살이 되어서
오빠들 떼거리로 뛰어가는 뒤를
헉헉 달음질쳐 가니
오빠들 돌멩이로 읍사무소 유리창을 박살내고

떠나간 후
아기장사 미련이 있어
돌멩이와 유리조각 널브러진
읍사무소 마당을 서성거리고
한쪽 고무신은 어디로 달아나고
유리에 찔려 피 흘리는 발
4월의 나뭇잎들이 걱정스레 마음 졸이며
내 몸으로 너 피를 닦아 주렴
아기장사 여린 나뭇잎 몇 닢 뜯어
피를 닦으며
절둑절둑 집으로 가면서도
왠지 어른이 된 것 같아 뿌듯해서
아픈지도 모르고 가슴 쫙 펴고 간다
뺨에 와 닿는 4.19의 햇살이
어머니 젖무덤처럼 따스했다

오라 남으로 가자 북으로
학생들이 외쳤던 통일 메아리
길섶에 스며들어
오늘까지 핏물석이 이슬로 맺혀

그때도 미국놈 지금도 미국놈
천벌을 받을 서북청년단 후예 국힘당
일제에 빌붙어 민족을 배반한 놈들
미제가 되살린 국힘당 무리들
만 가지 거짓으로 통일을 방해하지만

미제가 퍼 날라 준 썩은 물을
강제로 민중에게 먹이려하지만

헌신과 사랑의 결정으로 뭉친
정의의 샘물 솟구쳐
민족의 젖줄 유유히 흐르는 통일의 대하를
결코 막을 수 없다

아기장사 뗏목을 타고
통일아리랑 부르며 민중과 함께
노 저어 간다
남해에서 서해 동해 지나
두만강 압록강 넘어
민족의 성산 백두산으로

국가보안법 없애고 통일로 가자

꿈 많은 소녀가 밤하늘 쳐다보며
반짝이는 별을 품속에 담아도
소녀의 눈을 사정없이 찌르는 법

아버지가 당해온 피의 민족사를
밥상머리 아들에게 말도 못하게
아들 아버지 갈라놓는 분열의 가시철망 법

양심을 저며 진실을 말하면
죽이거나 감옥에 가두는
집안을 파탄내고 나라를 파탄내는
파괴자의 법

민족의 반역자 좋으라고 국가보안법
버젓이 있는 못난 나라

아프리카 못산다고 미개하다 하지 말라
진짜 미개한 나라는 미제국주의다
미제국주의가 우리나라를 침탈하여
지배하는 법이 국가보안법이다

종이 되어 싹싹 비는 노예근성 굴욕의 법

야만의 침략자에 손을 들어주는
비정한 치욕의 법

국가보안법에 취해 지아비도 몰라보는
미친놈의 법

국가보안법 우리나라는 부끄러운 나라다
죽음의 나라다

부르르 부르르 치 떨리는 분노
국가보안법 폭력 끝장내고 매장하자
망해가는 미제의 아가리에나 쑤셔 처넣자

해방의 새순이 동터오는
민족의 아랫목에서
할아버지 할머니 아버지 어머니 아들 딸
오순도순 화기애애 국가보안법 없는
날개 달린 민족의 새날을 열자
하나 된 한반도가 덩실덩실 춤추는
국가보안법 없애고 통일을 앞당기자

바다의 소원

어머니 같은 너의 품속에서
아침마다 태양을 떠올리는
붉게 물든 바다를 보며
마음이 깊어서 넓은가

옆집 아재 너의 품속에서
만선의 고기 실어 와서
올망졸망 우리 식구
고기반찬 해먹으라고
한 대야 쿵 놓고 가시는
인정의 땀방울 젖은
아재의 등은 넓었다

도루묵조림 명태찌게 오징어볶음
콧물 흘리며 맛있게 먹었던
바다야 그 아재는 어디로 갔나
아침마다 바다의 꿈 먹었던
어린 시절 그 친구들은 어디 갔나

살아오며 숱한 이별들
네 품속에 그려 넣으며
바닷가 해송 솔 이파리

쓰다듬고 있구나

삼익악기 해고되고 분한 마음 삭이지 못하여
너를 찾아와
한없이 보며 눈물 흘렸던
너무나 힘들었던 나날
너에게 모든 걸 쏟아놓으면
힘이 생길 것 같은
너를 만나고 가서
힘 추슬러 다시 일어설 수 있었지

태양을 떠받들어 올리는 너는
힘도 장사지만
애기조개 키우고
파래 미역 물결로 다스려 키우는
어머니같이 섬세한 사랑으로
고달픈 생에 지친 머리카락
바닷바람으로 헹궈 주구나

박근혜 작당으로 세월호 침몰되고
304명 생떼 같은 어린 목숨이
네 속에 잠겨가고 난 후
나는 너를 예전처럼 볼 수 없었다

허나 지금 네 앞에 다시 서고 보니
네 마음이 얼마나 아팠을지

마음고생 떨치지 못하는
네 마음이 파르르 전해와
몹쓸 인간세상 미안하다

너의 손끝 떨려오는
잔물결 파도 매만지며
너를 보고 항상 위로받던 내가
세월호로 자책에 빠져 괴로워하는
다친 너를 위로할 때
세월호 진실 밝히는 일이
바다 너의 소원이라지

산재 세계 1위 대한민국 국회 앞에서

안전설비 허수루한 목숨 베먹는 전쟁터에서
작업복에 실려 가는
노동자의 생목숨 하루 평균 일곱 명

노동자의 목숨
목숨같이 안 여기는 너희 국회의원들
목숨 내놓고 일해 봤느냐
목숨 내놓고 일하는 설움 아느냐
어디에 대고
중대재해기업처벌법 누더기로 만들어
교활한 쇼를 하려 드느냐
자본가의 편에 서서
노동자의 목숨 값 후려치고
꼬박꼬박 월급 챙겨가는 날도둑들
똑같은 착취의 손아귀들

노동을 내다파는 어둠의 골짝을
너희는 세단 타고 전조등 켜고
노동자를 무수히 치고 내빼는
뺑소니차들의 주범이다
범죄의 소굴 속에서
어찌도 그리 뻔뻔 하느냐

뒤집어야할 세상
뒤집지 못하는 분노의 칼날이
겨울나무에 걸린 연 꼬리처럼
길게 사글어들 수 있겠는가

오색단풍 피맺힌 노동의 수건
질끈 동여매고
영원히 현장을 떠나보낸
동지의 땀방울이 핏방울로 튀기어버린
한 서린 노동자의 삶
우리가 찾자 노동자들이여
동지가 흘린 질펀한 피의 고지
우리가 점령하자 노동자들이여

투쟁은 분노로 일어서는 것
국회에 득실거리는 사기꾼들
믿을 것들 어디 있더냐
노동자의 벼린 칼날로
노동을 개무시 하는 것들
본때를 보여줘야 한다

노동자는 세상의 주인이라는
노동자의 명령에 읍해야 한다

세기의 지휘봉

노동계급이 둥둥둥 북을 울린다
인민이 겹쌓인 산맥을
훌훌 타넘는다

백두산 호랑이 세계를 관통하는
준비되어 왔던 길
예견되어 있던 길

역사는 세계의 아침을 여는 길에
하루도 거르지 않고
투쟁해 왔다

세계의 인민을 너른 품에 안고
자주의 주인으로 당당히 모시는
그런 지휘봉이 어디에 있었던가

검푸른 바다 감격의 눈물로 찬란하고
세계의 땅덩어리 자주의 주인으로 진군에 진군

더 이상 도망갈 데 없는
자본의 독재자는 자기 목에 사슬을
뱀처럼 칭칭 감는다

아무리 속일지라도 역사는 인민의 편

불기둥 같은 최고 절정의 지휘봉에
승리 전진 승리 전진 승리 승리 승리

노동계급이 가는 걸음
인민이 가는 걸음

모든 길로 통해서 하나로 만나는
자주의 지휘봉은
세계를 울리는 세기의 교향곡

모든 인민은 백두산으로 통 한다

싸우는 물고기

인간과 세계를 향한 선전포고
일본 원전 방사능 오염수 방출
제국주의 일본 너희는 정말 뻔뻔하다

말 못하는 물고기들이
지느러미 곧추 세우고 시위를 한다
스가 너나 마셔라 오염수
눈이 튀어나오고
몸이 불거 터지는 배때기로 뒤뚱뒤뚱
너나 그렇게 죽어가라

생명의 바다에서 씽씽 몰려다니며 놀다
인간의 밥상에 올라
인간의 힘이 되는 운명
얼마나 달디 받아들였던가
물고기도 철학이 있다

오염된 물고기 먹은 임산부가
무뇌아 기형아를 낳고
찔레꽃 향기로운 인간이 피폭되고
매개가 되어 그런 짓 하게 되는 것
한사코 거부 한다

일제와 미제
두 제국주의가 손발 맞춰 하는 짓
그 장단에 놀아나고 싶지 않다
두 제국주의가 사바사바
인간과 자연을 대적해서 하는 핵테러
그토록 인간을 무수히 잔인하게 학살하던 그 버릇
고약한 근성 못 버리고 살인에 미친
방사능 오염수 방출
바다를 향한 전쟁이다
인간을 파멸시키는 전쟁이다

파렴치한 족속이라니
남을 눈꼽만큼도 생각지 않는
너의 살육의 야만은
시절이 가도 변하지 않구나
죄악이 절절히 배인 너의 낯판이
고립되고 응징되는 날
꼭 있으려니

인간을 괴롭히는 두 제국주의가 없어져야
지구별이 평화를 찾으려니
일본 원전 오염수 방출
인간과 바다와 물고기 해초와 연대하여
막아나서야 하리
일본을 응징해야 하리

역사 보통이

같이 운다
같이 웃는다
같이 울고 웃는 사람이 더 많아질수록
가는 걸음 무거움 덜어내고
어깨 걸고 가벼이 간다
같이 가는 사람 한 사람 더 늘어날수록
세상은 그만큼 더 앞당겨진다
어머니 가슴앓이
아버지 못 쓸어내린 속
우리의 짐
세대 간에 나누어질 때
지게 위에
나비가 따라 간다
아이들의 함성
밝은 노래가 되기 위해
우리가 산다

은빛 물고기

도시를 자유롭게
빛보다 빠르게 유영하며
세월을 거머쥐는
은빛 물고기 한 마리

그가 쏘아올린 부호가
하늘에 박혀
섬광으로 수놓아져
절망 덩어리 사람들의
마음을 열어젖히니

새 세상 기적처럼
현실이 되고

공장의 땀내 나는 작업복이
은빛 물고기 섬광으로
말끔해지고

농민의 손바닥에 박힌 옹이가
절로 절로 풀어지고

인류가 열망하는 혁명을

빛보다 빠른 속도로 구석구석
전파하는 은빛 물고기 한 마리

반짝 반짝 은빛 비늘에 쟁여진
희망의 향기
절망에 쓰러진 그대 코끝 스치니

인간이 인간답다 낭만의 향기로
온 세상 빛 초롱 드니
혁명이 따로 없다

우리가 그리워하는 신비의 은빛 물고기
국가보안법이 막아서도
바로 곁에 있네

인민의 그리운 해후

길고 험한 밤길
찬 서리 맞고 오셨나요

바지가랭이 다 젖은
풀잎 이슬 헤치며 오셨나요

번쩍번쩍 우르릉 꽝 하늘이 다 쏟아져 내린
장대비 맞고 오셨나요

기다림에 안방 문 열고 보니
폭설 헤치고 눈사람 되어 오셨네요

혁명은 피 값을 받아내는 거
피 묻은 칼로 오셨네요 승리의 보검으로 오셨네요
일당만으로 적을 해치운 용사 중의 용사
그 눈동자에는 어찌 그리 인민이 가득 담겨 있나요

인민이라 하면 자다가도 벌떡
천리 길 마다 않고
백두산 백마 내달리듯 내달리시는

귀하디귀한 백두산 혁명이라는 몸으로

인민과 함께 얼싸안고 승리의 눈밭을 뒹구는
소년으로 오셨네요 희망으로 오셨네요

온천지, 우주 하나 밖에 없는
태양과 한 몸으로 오셨네요
만인을 살리는 생명으로 오셨네요

(조시)

문학의 큰 별 남정현 선생님

어둠이 강물처럼 휘감아 흐르던
가시 돋친 동토의 벼랑에서
진달래꽃 한 아름 품에 고이 품고
불의에 항거하는 양심의 붓 창끝으로
힘차게 써내려간 소설 '분지'

여느 어머니 아버지 모두 똑같이 핏발선
물동이 이고 흐르는 눈물 무명저고리 앞섶에 뚝뚝
철모르는 우리들에게 한 마디도 해줄 수 없는
억겁의 어머니의 한 맺힌 비밀을 받아먹고
산업전사 공돌이 공순이로 내몰렸다
'이 뒤집어져야할 세상 망할 세상'
세상의 끝을 향해 달리는 완행열차
기적소리처럼 울리던 아버지의 통곡을
어렸을 적 안 들었던 자 누가 있겠는가

4.19를 덮친 5.16의 총칼
비수같이 민중을 향해 찔러대던
반공법의 폭압을 뚫고
벼락같이 내리쳤던
귀머거리 벙어리를 대변해

양심의 무기 소설 '분지'를 휘갈겨
싸웠다 남정현 선생님
용맹은 하늘을 찔러
하늘 붓이 되었다
문인들의 귀감이 되었다

봄 여름 가을 겨울 차곡차곡 쌓여가는
민중의 벙어리 냉가슴 속 뜨락에
폭포 같은 생명줄 이어준
속 시원한 글 줄기 '분지'는
미군이 먹고 버린 통조림 빈 깡통
질겅질겅 노랑머리가 씹다 버린 껌 딱지
양코배기 쓰레기들이
쓰나미처럼 남녘을 뒤덮었을 때
선생님은 시퍼런 날선 눈으로
양심의 붓끝으로 휙휙
쓰레기를 쓰레기라 징을 쳐서 알렸고
파괴자 미군의 손목을 꺾어
내동댕이쳤다
그리고 호탕하게 웃었다
그 승리의 웃음 삼천리를 울렸다

시로는 으뜸 김남주 선생님
소설로는 으뜸 남정현 선생님
새 시대 문학의 혁명적 실천
서슬 퍼렇게 배인 이슬 먹고

옥구슬 같은 혁명을 꿰어 나아갔던
벼랑을 넘나들었던 문학의 해방을
열어갔던 그 가슴속에는
뜨거운 인간사랑으로 달구어진
식지 않는 인간해방의 조약돌
우리도 그 조약돌을 품고 싶어요
참다운 문학인이고 싶어요
혁명가이고 싶어요

하늘을 가르던 번개 같던 그 필치로
세상 눈치 보며 반만 눈뜨고 망설이는
우리 문인들에게
가시는 걸음
편지 한통 써주시고 가세요
가슴 가득 넘치는 선생님의 그 사랑으로
우리들을 울려주시는
통일의 우렁찬 북소리로 가세요
민족승리의 발걸음으로 척척 가세요
당당하신 선생님의 발자국 따라
우리들도 척척척

주한미군은 패잔병

목줄 매달린 개가 되어
전쟁에 미친 미제의 손에 잡혀
한미연합훈련
질질 끌려 다니지 않는다

미제는 제국주의 패권을 위해
우리민족 갈라놓고
남녘을 멱살 잡아
감방에 처넣고
정치도 언론도 법도 교육도 군인도 휘어잡아
살을 발라 처먹으며
포식을 해왔다

이제는 아니다

민족이 주인 노동자가 주인 농민이 주인
민중이 주인
새별로 닻을 올린 주인들
우리민족은 미제에 충성하는
개가 아니고 인간, 주인이다

미제의 학살로

피에 젖은 강토 갈아엎으며
봄농사 벼리고

한미연합훈련 들이미는 지배의 몸통
폭파하는 승리의 주인
우리의 무기 반미의 칼날
햇살에 번쩍이고
미제의 두 눈을 찌르는 승리의 쌍칼
이제는 우리민족이 내리치면 된다

주한미군만 도려서 처 죽이기 전에
내빼라 주한미군
도망치는 패잔병은 봐줄 터이니
변화된 시대도 모르고 깝치지 말고
이제는 한미연합훈련 어림도 없다
알아서 기어라

찬란한 봄 인사

풀뿌리들
생명을 동아줄같이 엮어서
초르르 싹눈 틔워
겨울을 물리친 무용담
이 골짝 저 골짝
아리 아리 우리 우리
우리들의 통일찬가
앞서 부르는
초롱초롱 맺힌 싹눈
우리들 편이 얼마나 많은가

미제놈과 국짐당 고깃덩어리 몇 개 빼버리면
모두 우리들인 것을
우리 우리 함께 하리
미제놈들이 좌지우지 하는
매국노 언론에 잠시 머리칼 얽혀도
봄 색시 얼개 빗 들고
고이 고이 빗어 내리니

맑은 봄빛으로 단장한
민중의 억센 힘으로
세상천지 제재와 학살로 몰아붙이며

지네 배만 처 불렸던 미제의 배때지가
세상해방 인간해방 염원 간절한
민중의 날선 되갚음으로 벼려진
팔천만개 무기로
쩍 갈라지고 말 것이니

미제의 졸개 국짐당 무리들
혼비백산 산산이 흩어져
뻗어버린 미제놈
살필 틈도 없이
언제 상전이 있었더냐
지 갈길 찾을 터이니

우리 우리 민중만 믿고
민중과 뜨겁게 함께
당차게 싸워 나가면
십년 안에 통일을 이룰 수 있다
조선천지 싹터오며 몰고 오는
해방의 기세 생명의 기세
서리서리 봄 뺨에 맺힌다

통일이라야 민중이 산다
세상을 뒤집는 봄바람 힘
조선천지에 가득하니
민중의 힘 치솟아
우리 대에 통일을 할 수 있다

십년이면 변하는 강산
십년이면 통일되는 세상
민족의 땅 찬란한 조선반도여
우리는 통일을 움켜쥐었다

통일은 어머니

밤 12시
엄마 엄마 찾는
자지러지는 어린아이 울음소리
분단이다

경쟁사회 시달려
애 못 낳는 새댁네
인구절벽 사라지는
생명이다 통일은

어미 옆에서 네다리 쭉 펴고
복실이 쌔근쌔근 평화
강아지도 알아서 통일을 물고 오는
언 듯 언 듯 일상에서
별처럼 돋아난다 통일은

명줄 끊긴 비명 휴전선 철조망
걷어내는 일꾼
남에도 많고 북에도 많다
금강산 소금강 별처럼 많다

백두산 산목련 한라산 철쭉

향기 향기 모여
삼천리에 넉넉한 어머니 품 향기

통일상 차려놓고 애태우는 어머니에게
진달래 아름 묶어
번개처럼 가자

우는 아이
활짝 웃는 보조개로
엄마한테 가자

그리운 통일의 나라

인민이 주인인 나라
자주를 으뜸 생명으로 지키는 나라
정도 사랑도 깊이 익은
하나의 대가정 이루어
인류를 착취하는 제국주의 손아귀
잘라내기 위해
조국의 반쪽 땅 차지한
미국 몰아내기 위해
고난을 짊어진 나라
어찌 거룩하지 않으랴

깊은 강물 속에서도
물고기 떼 오가며 통일상념 흐르고
맑은 냇가 돌멩이 속 가재도
통일염원 빨갛게 불타는
강변 버드나무 이파리 쏴아아
통일노래에 은빛물결 눈부시고
통일 아닌 것이 없는 북녘 땅

뺏기 위해 잡아먹기 위해
통일하는 것이 아니라
같이 나누며 사람답게 살기 위해

민족의 사랑 하늘까지 쌓기 위해
통일 하자는 나라

'아' 하면 '어'하고 이어지며
어절씨구 손뼉이 맞아야 한다 통일은

새장 속 갇혀
먹이 서로 먹으려고 날카롭게 곤두서다
날선 칼에 베여
굴복한 것 같아도
부지런하고 강인한 민족성은
가장 깊은 곳에 통일항아리 묻어놓고
답답한 심정 민중의 멍든 마음
웅심 깊은 통일염원
4.27판문점선언 9.19평양공동선언 때
얼마나 쾌재를 불렀던
남녘 민중들인가

사대외교라는 말도 아깝다
미국이 식민지로 계속 거느려 주소서
비주체적인 종의 근성 가진
정치인들이 둥둥 홍수에 떠내려 가봐라

민중의 염원에는 밥숟갈도 뜨지 않고
미국이 시키는 대로 가자미 눈 뜨고
주접주접 다리 걸치는 한심한

민중의 피와 땀 혈세로
먹고살면서
잡아먹는 통일하려는 민족의 애물단지
통일 어찌 남녘 정치인에게만
맡길 수 있다는 말인가
민중이 통일의 주체이다

깊은 사랑이 잠긴 돌멩이

세월을 살아내었다
사랑이
애틋한 사랑이
새싹처럼 돋아나
세상을 만들어 왔다

메마른 사막에도
사랑이 깃들어 있듯이

엄마의 사랑이
세월을 이겨 왔다

아버지의 사랑이
세상을 헤쳐 왔다

사랑은 욕망과의 싸움이다
사랑의 탈을 쓴 욕망의 덩어리는
인간이 가는 길을 막아 나서고

그래서 사랑은
시련의 길이다
단련의 길이다

달구어진 사랑
짱돌이 되어
폭력이 되는 욕망을
깨부수는 것이다

깊은 슬픔 아는 사람

깊은 슬픔 아는 사람
그 자락만큼 넓어져
삭막한 세상 이불이 되어
따스이 덮어주고
하늘자락 끌어다
푸른 하늘 흰 구름 같은 부풀음을
꿈을 잃은 사람
손길 잡는 것이니
곁에 있는 사람
희망으로 물들게 한다

깊은 슬픔 아는 사람
지혜와 용기
슬픔 속에서 알게 되어
나만이 아닌
너를 향해
사랑의 발자국 떼어
기어이 온 세상 푸르름
믿음 속 희망의 한 걸음이
만 사람의 한 걸음으로

깊은 슬픔 아는 사람

넓은 가슴 헤아림으로
깊은 겨울 화롯불 쬐던
이웃으로 돌아와
희망을 나누어주는
돌쇠가 되어
목마른 나그네에게
우물물 길러주는
두레박 된다

당신의 향기

섶섶이 배여 흘러가는 물줄기를
온몸으로 치고받아
거슬러 올라가는 힘

연어 한 마리 고향을 따라
염원 품고 솟구치는 힘

너와 내가 만난다는 것은
세월에 묻혀 잠들지 않고

어머니 고향의 알을 품고
생명을 까슬러 태워가는 힘

물빛 안개에 젖은 마을을
헤엄쳐 나갈 때
나만이 아닌 너도
온힘으로 헤쳐 나가고 있음을

생명의 빛줄기
짙은 어둠속에서 하나하나
푸르른 섬광으로 불타오르고

순결은 눈동자를 타고
한올한올 태운 생을 넘돌아
어둠 헤치는 고단한 단꿈
뚝닥뚝닥 짓는 노동의 망치소리

생명 다 태워 거슬러 치솟는 힘
모두의 아침을 위해
머리카락 한 올까지 다 바치는 순결로

온 나라 가득
당신의 향기가 배는 것이다

문재인 배

돛대도 없이 삿대도 없이
오직 미제가 조종하는 배를 타고
망망대해 회오리 물살에 말려드는
대한미국 문재인 배

미국승인 없이는 아무 것도 안한다고
미제가 씹어 준 껌을 물고
비핵화가 도대체 무엇인지
머리가 있다면
미제의 핵에 의문을 달 텐데
머저리는 아닐 테고
교활한 것인가

평양에 가서 백두산에 가서
눈으로 보지 않았던가
민족의 힘을

흡수통일 하려는 반공주의자인가
정체가 모호한 선을 넘어
4.27만 아니라
10.4, 6.15도 말아 먹는
매국의 편에서

하 세월 말아먹을 건가

민중을 만만히 보지 말라
산맥처럼 솟아나고
해일처럼 일어나는
인간 활화산이 민중이다

인간 말종 삐라살포 탈북자 박상학이
코로나 균도 묻었을 팩트병에 담긴 쌀을
배고픈 북녘동포에게 보낸다는
통일악선전을 하는 것을
방송에 내보낸 YTN
미제가 획책한 분단으로 살 불은
미제의 편에 선 같은 똘마니들인가

음흉한 걱정은 걷어치우라
적어도 북은 우리보다 배부르고
고상한 삶을 살고 있다

삯월세 집값을 50만원 100만원 200만원 2700만원 내며
집도 없는 고달픈 삶에 쫓겨 사는
매일 목을 매고 사는 것이 남녘 민중이다

재벌만 토악질 나도록 구겨 삼킨 돈으로
민중은 하늘이 노랗게 현기증 나는데
미국무기 사오는데 혈세를 쏟아

전쟁광 미제 군산복합체에게 섬겨 바치고
참수작전 한미군사훈련 하면서
무슨 낯짝으로 북에 손을 내미는가
이 같은 배반이 어디 있단 말인가

대한미국 문재인 배
갈 데까지 갔다

미군 점령지 우산

갇힘 없는 해방새
윤금이 얘기 듣고
싹 쓸어버리자 미군놈들
주렁주렁 붉은 열매
열정이 익어
초등학교 때 통일꿈나무를 그렸던 아이가

미국놈이 쳐놓은 자본주의 가시에
온몸이 찔려
“엄마 진실을 간직하고 살기가
왜 이리 힘들어
우산 없이 비 내리는 길 가는 것 같아“
고된 긴 시간 노동으로
30세에 저린 발 풀려고
까치발로 콩콩 뛰는 얘기

수경이는 코로나 때문에 학교알바도 끊기고
아빠도 아프고 엄마가 하는 편의점은
장사가 안 되어 그만둘 수밖에 없대
얼마나 고민이 많은지
벌써 귀밑머리가 하얗게 세었어
사귀는 남자친구가 있는데

돈이 없어 결혼도 못한대
가난으로 그렁그렁 눈물 젖은 방안

손석희를 뉴스에서 쫓아낸
삼성 JTBC 화려한 자본주의 속임수 화면이
거머리 촉수로 비 내리는 안방에 내리꽂히는

마약 처먹은 미군 마이클놈이
윤금이 죽이고
음부에 우산대 꽂고 미쳐 날뛰는
그런 미군놈이

다정한 이야기 나누며 걸어가던
미선이 효순이를
장갑차로 깔아뭉갠
미친 한미합동군사훈련
2020.8월에도 한다는 자막에도
비는 내리고

우리 땅 우리민족
벌레만도 못하게 짓이기는
미군 군홧발 버젓이 보고도
왜 돈 대주나 쫓아내지 못하고
바보등신들이 정치를 하니
민중들 애간장 다 녹은 비가

쩍쩍 갈라진 논바닥 마음
우리 손으로 하늘이 되어 적셔주고
우리끼리 다독이며
미군놈들 싹 쓸어버리고

지저귀는 해방새로
노동의 붉은 열매
우리 것 우리가 똑똑똑똑똑똑

꿈은 하늘의 눈물 비를 타고
하염없이 내리는 밤

민족이 살길은 자주정권

자주정권을 세우지 않겠다는 것은
민중의 피와 땀을 짜내어
미국에게 갖다 바치겠다는 것이니

민족의 자존감이
미군의 군홧발에 짓이겨져도
끽 소리도 못하고 비겁하게

하루살이로 맥 못 추는
고민이 깊으면 뭘 하는가
용기도 없이
용단도 없이

바람결에 누운 잡초도
다시 일어서거늘
사람이라면 자주성이 생명인데
나라라면 자주정권이 생명인데

한미워킹그룹에 질질 끌려 다니는
무슨 꼬락서니인가
이게 나라꼴인가

실망을 넘어
분노가 솟구치니

아예 그러러면
미군 품속에 들어가
등어리나 긁어줘라

민족의 숨통을 조여 왔던
미국의 실체를
똑바로 쳐다보지 못하고
고개 숙이는 정치모리배들

민족의 힘을 믿지 못하는
민중의 힘을 믿지 못하는
어리석음은
죄악과 다를 바 없다

민중은 기어이
너희들의 감옥을 지을 것이다

샛별

절벽으로 떨어질까 간당간당 일자리
불안은 하루 종일 한 달 내내 일 년 꼬박
몇 번을 잘리웠던가
암흑 같은 꿈속에서 샛별이
은은히 온몸의 식은땀을 거두어준다
십년감수 끝에 맞잡은 별빛
우리들의 목을 수없이 잘랐던
사장 목이 뎅강
별칼에 잘리운다
검은 대지에서 더 반짝이는 샛별
더 목마른 이에게 암반수가 되는 샛별은
땅속 깊이 암반을 뚫은
사랑의 별빛이기 때문이다

순수한 샘물 나라

마음의 물빛 주전자에는
끓고 있다 모락모락 김이
삶의 실오라기 풀어내고 있다

흙탕물은 혼미 속에서도
정신 줄 놓지 않으려고
물이라는 순수 결정체가 되기 위해
끊임없이 운동을 한다

자본의 사슬에 묶여 산다는 것이
적이 알 수 없는
분열의 상태라고 해도
알려고만 한다면
왜 모르겠는가

속속이 사색에 젖은 시간을 저어가면
흙은 가라앉고
물은 맑은 얼굴로
자신을 건져 올린다

별을 보고 맑아지다가도
시궁창에 헛발길질

절망에 지배당해도
자고나면 용수철로
튕겨 오르는 힘, 삶이 아니던가

너와 내가 소중하고 우리들이 귀중하고
그 발길 이어져온 인간해방의 나라
이기심이라고는 찾아볼 수 없는 기적의 나라
우리 어찌 그길 알려고도 않고
편견에 갇히는가

배운 건 남을 내리누르는 비정
사는 것이 전쟁이 되어버린 세상에서
조명발로 화장한 얼굴들
삶을 할퀴다 너를 할퀴게 되는
예속의 운명
그 탈출구의 열쇠는
바로 네 손안에 있다
움켜쥔 네 손을 펴봐라

흰 강아지를 흰 강아지라 말 못하고
검은 강아지를 검은 강아지라 말 못하는 굴욕
이해할 수 없는 세계가
가장 쉬운 문제를 어렵게 푸는 네가
가로막힌 만남들로
사서 고생을 하는 우리가

배워야 하는 곳
바로 우리 반쪽 땅
샘물같이 순수한 열정이 넘쳐나는 곳
흰옷 순결이 펄럭이는 곳

국가보안법은 그길로 가는 길에
장벽을 친다
국가보안법은 미제의 법
흙탕물로 자꾸 더럽히는
미제라는 미꾸라지 통마리를
대꼬챙이에 찔러
추어탕 해먹으면
흙탕물, 맑은 얼굴이 된다

자본주의 막장

우리가 한 잎 나뭇잎보고
배우는 것
그들은 남의 것
빼앗지 않기 때문이다

생각도 빼앗지 않고
돈도 빼앗지 않고
의리도 팽개치지 않고
결코 남을 짓밟지 않는다

욕심 없는 순수의 나뭇잎 내음에
양심 새기는 사람들 있어
모래사막 같은 자본주의가
뒤집어질 것이다

이슬 먹은 풀잎처럼 맑은 사람이
사람이 사람을 잡아먹는
못된 세상을
현미경으로 들여다보니
인간을 갉아먹는
꼬물락거리는 득시글 세균들이
권력을 행세하는

병든 세상에서
남의 것 많이 빼앗은 사람이
민중의 피가 묻은
돈다발 움켜쥐고 승리자인양
양심과 의리와 인간을 짓밟고
챙긴 자본의 가치
실룩실룩 심술 붙은 얼굴
혈육의 정도 인간의 가치도 팽개치고
돈벌레 되어 자본주의 쓰레기더미 설설 뒤지며
썩은 냄새가 나도 좋다고 낫다고
체제경쟁에서 이겼다고
속물처럼 한치 앞도 못보고
폐인이 된 미래통합당과 다를 바 없는
진실을 팽개친
대통령부터
수치심도 없어라

한 잎의 나뭇잎들 이게 나라냐
노여움에 입술 깨물고
피를 토하니
소쩍새 울고
세상이 붉은 노을로 물든다

자본주의 막장 탐욕의 굴속 궁전에서
돈이라는 똥으로 칠갑한 삼성 이재용 여우가
민중이 지펴 넣은 쑥연기에

살려 달라 설설 기며 튀어나오는 날
자본주의 혼돈의 세계가
그나마 명확해지는
적어도 삼성 이재용 목을 비틀어야
노동해방 동이 틀 것이다

조국의 따님 여전사 박정숙 선생님

인민의 넋을 빼닮은 하얀 찔레꽃 같은
겸손하고 소박함이 오롯이 배인
항상 소녀같이 맑았던 선생님

총을 들지 않아도 총을 들었으며
통일 산맥을 타넘었던
범보다 무서운 투지와 기개로
죽음을 헤치고
통일전사로 역사를 앞서 헤쳐
조국 영광의 앞길을
후대에게 물려 주셨어요

강원도 양양 외물치에서 태어나
여맹활동 지하활동으로
목숨을 통일에 내맡기고
미제의 발톱을 뽑느라
혼신의 힘을 다 쏟으신
삶의 갈피갈피
고난 아닌 것이 어디 있었겠어요

모진 탄압 받는 범민련 활동 하시며
범민련을 사수하여 미제를 타격했으며

조국을 한 몸 바쳐 사랑한 사람만이
따먹을 수 있는 달디 단 열매를
한 소쿠리 담아 들으시고
어린 우리들에게 한 웅큼씩 고르게
나누어 주셨지요
반듯한 그 사랑이
우리들을 애지중지 키웠습니다

가시밭길 자박자박 그 은혜 받고
우리들은 철 들었습니다

내리는 첫눈에도
조국을 받쳐 들고 좋아라
김선분 선생님과 함께 하셨고
낙엽 지는 이파리에도
손톱으로 통일조국 새겨 넣으시며
미제의 심장에 쌍권총이 되어
한방 한방 총알을 박아 넣으셨지요

폭우도 마다하지 않고
폭설도 마다하지 않고
폭풍 치는 통일언덕도
당신에게 길 내줄 때
승리 밖에 없다는 걸
당신을 보고 알았지요

일당백의 기개
수천수만의 민족의 한길을 내주는
당찬 통일의 여전사는
몸으로 우리들을 가르쳤어요

삼천만이 열혈 한 몸이라서
칠천만이 한 몸이 될 수밖에 없는
불변의 통일의 진리는
당신의 옷고름에 당신의 얼굴처럼
새겨 있습니다

연약한 몸이지만
조국의 힘이 되면 얼마나 강해지는지
잦은 체포와 얼음냉방 옥살이
갖은 잔혹한 고문을 이겨내시고
미 제국주의를 쓰러뜨리는데
한 몫 단단히 하시고
죽어서도 가야할 길
통일의 길을 가시고 계십니다

박정숙 선생님하면
60년 한 이불속에서 동고동락한 동지
김선분 선생님이 함께 따라 떠오르고
피 토하는 소쩍새 울음도
낭랑하게 기쁨의 맹세로 부르며
통일조국 쌍가락지를

우리 손에 끼워주시며
우리들 심장 속에 자리 잡으셨지요

선생님의 심장
우리들의 심장으로 영원히 뛰겠지요
조국의 심장 투쟁의 심장으로 맥박치며
미 제국주의를 죽이는 일을
조국이 자주통일 되는 길을
선생님의 통일의 젖줄 따라
광야에 홀로 서도
의연히 따르며 가겠습니다
쪽잠 주무시던 험한 통일투쟁의 길
우리들이 이어받을 테니
활짝 웃으며 가세요

주체의 힘

주체를 세우지 않고서는
이리 파 먹히고 저리 파 먹히고
산송장들이 입에 풀칠하느라
혼돈이 질서처럼 둔갑해버린
망측한 식민의 세상에서
도시의 불빛들 주체의 초점 잃은
지친 노란 얼굴로
내일 당장 치러야 할 돈 걱정
자본주의 얼음판에 동댕이쳐져
채찍으로 돌아가는 팽이로
멍들어 근근이 연명하는 하루살이

일자리도 구할 수 없다
애도 낳을 수 없다
집도 구할 수 없다
깡소주 마시다 녹아든 창자 속 같은
자본주의 다락방에 대고
한미동맹 나발 불며
머리 조아리러 외교부장관 미국 간다

주체를 세우지 않는 것은
귀신 씨나락 까먹는 소리에

홀린 것이고
미국귀신에 사로잡힌 저 것들
허깨비 같은 것들이 대통령하고
국방장관하고 외교장관하고 노동장관하고

주체라고는 없는 것들
민중을 팽시키고
남녘을 미국 돼지우리에 가두고
살찐 것들
보자보자 하니 갈수록 가관이구나
너희가 가는 비굴함이 속속이 배인
동맹대화 미국행 길은
너희들이 파묻힐
천길 지옥 낭떠러지

민족을 노동자를 농민을 팔아
떵떵거리는 친일파 친미파
매서운 겨울바람에
흩날리는 지푸라기 되리라

노동자의 망치로 농민의 낫으로
양심의 붓으로
주체의 힘 불같이 일어
미국에 굴종하는 것들
재로 만들어 버리는
주체가 동터오는 새벽을 열어

만인이 먹을
주체의 아침밥을 지을 것이다

죽음의 현장 삼표시멘트

노동자의 죽음 되돌이표 현장
쫙 벌어진 자본가 아가리 삼척 삼표시멘트

2020년 5월 13일
62살 김세용 삼표 하청 노동자
컨베이어 벨트에 끼여 사망했다
30살 아들 수철이는
SNS에 원한에 맺힌 통곡을 했다

2020년 7월 31일 아침 9시경
49살 삼표 하청 노동자 탁상진이
정지된 컨베이어 벨트가
불시운전으로 갑자기 돌아가서
7층 높이 100'C되는
4호 크링커 HOPPER 원료저장시설로
추락해 또 사망했다

정규직은 무전기가 있어 작업을 공유하는데
하청업체 노동자는 무전기가 없어
작업을 공유하지 못하여
목숨 내건 노동을 한 것이다
하청업체 노동자가 무전기로 작업을 공유하면

불법파견에 걸리게 되므로
무전기를 지급하지 않았던 것이다

노동자를 분열시키는 하청업체 근로형태로
자본가는 살찌고
노동자는 죽음으로 내몰린
노동을 하고 있다

삼표회장 정도원은
노동자의 피와 살 뼈로 차려진
요리 먹고 배장구 친다

기계가 노동자를 죽인 게 아니다
노동자의 살 냄새에 윙윙거리는
삼표 자본가들이
자본가들을 밀어주는 국회와 정치하는 것들이
노조에서 하던 사고 전화도 받지 않던
고용노동부 태백지청장 신승기
7월부터 발령 받은 똑같은 임준식 지청장
근로감독관 최승현
고용노동부 이재갑 장관이
잡도리 치며 자본의 편에서
노동자를 죽이는데 가담한 것이다

김용균법을 칼로 찢어 너덜거리게 하는 것들이
노동자를 잡아먹는 일이

일상이 된 범인들이 우글거리는 이 땅
그물에 걸린 고래 경매 붙이듯
일하다 죽은 노동자 몸값 후려 깍아 치르면
그만이라는

흩어져 있으면
자본주의 그물에 안 걸릴 노동자
어디 있더냐
노동자는 하나다
하나로 뭉쳐 싸워
슬프고 서럽고 억울한 죽음의
막을 내리자

노동자를 먹잇감 삼아
돈 많은 미통당이 껄떡거리고
민주당도 덩달아 껄떡거리고
중대재해기업처벌법 통과하면
저것들의 먹잇감 줄어든다는 돌짱구들

노동자의 힘으로
노동자 단결 막아나서는
하청근로형태 장막을 걷어내고
노동해방 길을
민중과 함께 뚫고 나가자

중도 선사유적지의 피바다

조상의 맥이 오천년이 아니라
만년으로 흐르는
춘천 중도 선사유적지

소머리를 바치고
하늘에 제사를 지내던
만년 영혼이 고인
165기의 선사시대 무덤 고인돌은
이제사 반갑다 얼굴을 내밀었으나
영국 제국주의 레고랜드
자본에 찍혀
피울음을 울고 있구나

1612채의 선사시대 집터에는
시공을 넘나드는
역사적 만남에 어깨춤 추던
조상의 영혼들이 가득 했건만
레고랜드 장난감 양키 손에
하얗게 질린 분노로
생피를 쏟고 있구나

동전 몇 닢에 역사를 매장하는

반역의 자손으로
자신의 뿌리를 뽑는
광란의 폭력
미쳐도 단단히 미쳤구나

소양강 곡소리가 천지를 깨우고
우수산 신령의 방울소리
막 가는 더러운 자본주의 욕망에
올라타는 것들
모가지를 모가지를 감아 조른다

민족의 힘이
조상을 지켜 역사를 지켜
후대에게 물려줄 것이다

통일보름달

동해바다 파도에 씻긴 작은 조약돌
통일에 골몰하고

지리산 천왕봉 바위도 피 젖은 역사
투쟁의 기개 하늘에 펼치고

풀잎 이슬에도 통일이 맺혀
아기 눈동자처럼 반짝이는데

미국 물에 물씬 젖은 미국 딱가리
외교부장관 강경화는
미국이 요구하는 동맹대화에
손뼉 맞추며
이완용이처럼
나라를 미국에 팔아넘기지 못해
안달이다

금방 될 새라 환호했던 통일이 아스라이
회색 외세 구름에 흐릿하게 떠있는
추석 보름달 같아 민중은 우울한데

통일을 방해하는 세력들이

새치처럼 돋아나
강경화 흰머리로 날리고 있구나

강경화 외교부장관 앉히라고
미국이 명령 했나

강경화 뒤에 미국이 있다는 걸 알고도
문재인은 멀꿈멀꿈 갈길 잃은 두꺼비처럼
오금을 못 쓰고 맥 놓고 있다

옥새를 갖다 바치는 동맹대화
밀어부치려는
반역에 낙인찍힌 강경화

민족 민중은 부글부글
대낮같이 환한 통일보름달 품고
매국노 목 날리는
칼 벼리고 있다

통일은 투쟁이다

오리라 그대
기다리는 그대
백두산 말굽으로 오리라

별빛 없는 도시 메마른 하늘 아래
알바에 시달려 쓰러진 청년 위에
꿈 지피러 오리라

멍 때리는 찻잔 속
쉬어가는 구름 한 점
잡을 게 없어 잡을 게 없어도
떨어져 물이 되는 생명
인간으로 만나지 않는가

역사는 돌아져 누워 흙이 되어도
내 마음 너 마음 살려내어
단단한 흙벽돌
거짓을 바스라트리는
투쟁의 집이 되어 오리라

꿈도 희망도
자본주의 바늘에 찔리는 고문당하여

놓쳐버린 손끝에
기적처럼 닿으리라
백두산 바람

애설픔 모아
싸우고 이기고 끊임없는 미제의 모략
또 싸우고 이기고 이기고
돌덩이처럼 단단해진 투쟁의 등줄기 타고
오리라 통일이여

표 값을 내놓아야 한다

민주당 국회의원 180석
잘해서 찍어준 게 아니다
잘하라고 찍어준 것이다

협치가 따로 있지
매국노집단 미래통합당과의 협치
미국이 시키더냐
자발적 친미사대주의라서 그런가

재벌 편에 서서 반노동
산업재해로 노동자는
여기저기서 처참하게 죽어나가도
전두환이 오월 꽃잎 짓이기듯
투쟁하는 노동자를 짓이기는
사장놈의 방패막이 경찰의 왕초
문재인은 각성하라
삼성이재용은 범죄자다
범죄자를 끼고돌지 말고 구속하라

개성공단재개 금강산관광은
미국승인 안 받아도 할 일이건만
초등학생만도 못하게 한미워킹그룹에서

미국승인 머리 조아리고
백년이 되든 기다리겠다는
한심한 것들
그렇게 치졸하지 말라
우리는 식민지백성이길 거부 한다

통일을 방해하는 미국의 최면에 걸린
허수아비 대통령을 원하지 않는다
식물보다 못한 국회는 싫다
민주당 국회의원은
주인이 아니라 심부름꾼이어야 한다
표를 말아먹지 말라
국민이 주인이다

같은 혈육을 적으로 삼는
국가보안법부터 없애라
지금이 열린우리당 시절이냐
촛불항쟁시절이다
엄살떨지 마라
나라의 존폐가 달려 있다
국민의 명령이다

자주를 지키지 못하면
우리 모두 죽는다는 각오로 처신하는
대통령을 원 한다
국회의원을 원 한다

코로나 대응 잘한다며
다른 것 모두 묻어버리는
국민을 속이지 말라
눈 가리고 아웅하지 말라

금강산관광 개성공단재개
통일의 창을 열어라
국민의 명령이다
우리는 속 시원히 터놓는 통일을 원 한다

미국눈치나 보는 정신 나간
대통령을 거부 한다
국회의원을 거부 한다
제정신 차리고 민족의 이익에 복무하라
권한을 주었으니 임무를 수행하라
국민은 명령 한다
국민이 발포 한다

5.18은 한(조선)반도의 나무이며 숲이다

5.18은 아직도
피눈물을 흘리고 있다

화해와 용서라니
전두환 사면이라니
적당히 얼버무리지 말자
역사는 시장주의 값싼 도매금이 아니다

반성은커녕
버젓이 골프 치며 살인의 짓거리를 하는
전두환은
박근혜 황교안 심재철 나경원……을 낳았고
미래통합당으로 변신하여
피의 민주주의를 학살하려는
광기의 태극기부대
신천지 이만희 한통속의 반역자를 내세워
민주와 민족이 나아가는 길을
가로막고 있다

무등산 줄기는
분노의 용트림으로
아직 승천하지 못하고 있다

역사에는
반드시 민중의 적이 있으며

민중의 적을 척결해야만 하는
역사는 임무가 있는 것이다

5.18이 끝났다고 하지 말라
피 솟구친 5.18을
온전히 계승하지 못하여
물귀신 박근혜에 의해
세월호 님들이
차디찬 바닷물 속에서
절규하며 죽어 갔다
역사의 반역자들을
뿌리째 뽑아내야
역사는 비로소 우리 것이 되는 것이다

적당히 얼버무려 화해니
어쩌구 해봐도
돌아오는 것은 무엇이었던가

적의 실체를 정확히 밝혀야 한다
5.18 전두환의 뒤에는
미국이 있었다는 것을 알면서도
왜 쉬쉬 하는가
피해가지 말자

정면으로 돌파해 나가는 것이
역사를 제대로 살리는 길이다
지금도 미래통합당의 뒤에는
미국이 있다

5.18은 민족의 나무이며 숲이다
한번 죽어 역사를 살리려한 무덤들
무덤도 없이 사라져간 죽음들 앞에서
그 혼들을 장착하고
역사의 총알이 되어야 한다
민중의 적을 향해 민족의 적을 향해
돌진해야 한다
이것이 5.18을 역사에서 살리는 일이다

우리 모두가 5.18이 되는 것이다
죽어야 할 때 죽자고 하는 것이
이기는 길이고 사는 길이다
역사의 승리자가 되어야 한다
역사는 반드시
비반복적으로 전진하는
민중의 총알이다

썩은 동태눈 같이 살 수 없다
치열하게 살라며
5.18은 부르짖고 있다

강풍에 하루 종일 뒤집힌 세상

대한민국은 꿈을 잃지 않고 산다는 게
참 힘든 나라이다
겹치는 절망에 사경을 헤매는 사람들

어둠 속에 빤히 불 켜진 집
돈 때문에 부부싸움 하는 집 아이가
겁에 질려 겨울나비처럼 파르르 떨고

카드돈 못 메꿔 신용불량자가 된 사람이
야트막히 쌓인 동전 돼지저금통 털어
김치도 없이 라면을 눈물로 말아먹는

힘에 부친 알바를 하며 딱한 엄마 사정에
꼬박꼬박 엄마에게 알바비를 갖다 줬지만
끝없이 빚에 쪼들리는 엄마가
불쌍하고 화가나 끝내 못 참고 속이 뒤집혀
화분을 내동댕이쳐 깨는 민중의 아들

엎친데 덮친 코로나로
일자리를 잃은 사람들이
조개껍데기 되어 산처럼 쌓였는데
강풍이 헤진 속을 귀신같이 또 헤쳐 뒤집고

자본주의가 와르르 무너지는 지점까지 왔지만
우리들이 못나서 간난신고를 겪는 민중을 구할
민중이 주인 되는 든든한 혁명의 참모부를
아직 못 꾸렸다는 것에 속이 뒤집히는 혁명가

동지를 잃어 스산한 마음 언저리가
하루 종일 나뭇가지 내치는 강풍의 뒤집힘에
동해바다에 달랑 떠 거센 바람에 중심 잃은 쪽배처럼
산맥 같은 믿음도 삭막한 세상에서 외로움 다지는 사람
아마 수두룩할 것이다

우리들이 짊어지고 가는 배낭 속 소금처럼
꼭 있어야 하는 사람
강풍을 헤치고 오고 있네
끝까지 믿음과 희망을 담고
낙관의 결정체로 땀 흘리는 사람
사막을 걸으며 오고 있네
태풍도 덮칠 수 없는 사람
어두울 무렵 하나하나 집 등불 켜주고
요동치는 강풍도 잠재우고
어둠을 먹고 빛이 되는 사람
귀인이 오고 있네

우리 모두 귀인을 닮아
귀인이 되야하네

고민

동지야
우리는 자신에게 바늘 틈만한
소영웅성이 없는지
항상 점검해야 한다

소영웅성은 때로
자주성처럼 보일 때도 있다
절대로 착각하면 안 된다

소영웅성은 철저히 개인이기주의에
뿌리를 두고 있으며
바늘 틈만한 소영웅성이라도
조직에 해를 끼치고
자신의 자주성을 갉아먹는
독소가 된다

오만이나 자만의 먹이가 되지 않도록
항상 겸손한 자세로
자신을 볼 줄 알아야
우리는 혁명을 제대로 할 수 있지 않겠는가

우리는 완벽에 가까운 혁명가가 되기 위해
끝없이 단련되어야 한다

고지가 보인다 힘내시라

천명하시라
우리는 미국에 머리채 잡혀 끌려다니는
개만도 못하는 사람이 아님을

후대에게 식민지 속국을
물려줄 수 없지 않느냐

민족의 자존감에 불을 지펴
우리의 안방을 차지하여
정사를 벌이는
양아치 미국놈을 쫓아내자

달은 시리게 우리 달인데
태양은 서릿발 녹이는 우리 태양인데

진달래 영토 안에
버젓이 주둔하는 침략군 미군

꼬부려 잡초 뽑다 무릎관절
콘베어 속도 따라잡다 손목관절
골병드는 줄도 모르고 해제끼던
노동의 50%를 갈취해가는 미국놈

감 내놓으라 배 내놓으라
간 내놓으라 쓸개 내놓으라
대통령도 허깨비로 만드는
백악관의 바람 앞에
맥없이 꺼지는
청와대의 촛불이 아니라
담대하시라
청와대의 바람 앞에
백악관의 성냥불

민중은 세상이 뒤집히길
묵묵히 일하면서 벼려온
댕강 목을 짜를
낫을 들고 있다
트럼프가 떨고 있지 않느냐

민중과 민족을 믿고
힘내시라
자주독립을 선포하시라
통일국가를 앞당기시라

허리띠 졸라매도 자주민임을
억척같이 일하는 노동인임을
우리는 이미 가졌다
자주의 정치를 누릴 수 있는
우리는 해방인이다

2018년 9월 남북공동선언 남북군사합의
내정간섭 뿌리치고
밀어부치시라
우리는 혼자가 아니다
찌질하게 하지 말고
민족의 영웅이 되시라

길

험난한 길
사랑담아 간다

호랑이도 나오고
여우도 나오던 옛길이
아스팔트길이지만

호랑이 같은 사람 툭
여우같은 사람 툭
아집에 걸린 사람
사리사욕에 눈 먼 사람
독선에 빠진 사람
이기주의에 멈춘 사람

많은 사람이 이 길을 가지만

희망이 있는 것은
훨씬 많은 사람이
고달픈 생을 부여안고도
묵묵히 사투를 벌이며
생명의 길을 가는 것이다

별떨기가 생생하고
태양이 소중하고
하늘 향해 서있는 나무가 든든한데

새봄을 맞이하는 마른 풀더미가
썩어 흙이 되는 운명을
고스란히 받아 안아 경건한데

상채기 내는 사람세상도
강물처럼 흘러
바다 같은 넓은 품으로 돌아오리니

소중한 사랑담아 간다
변치 않을 그대들 바라보며
풍진 세상 다박다박 간다

너의 창끝이 된 노동의 별

꽁꽁 언 겨울 밤 창공에
동지의 비애가 박혀 있어
늙은 노동자의 오늘도 못 내다판 노동의 절망이
얼음조각처럼 차갑게
반짝이는 별

시련으로 단련 되었지만
깊은 슬픔 품은 창끝은
따스함만으로 녹일 수 없는
절대절명의 계급의 적개심

모든 것을 잃은 절망을 딛고 단련된
벼려진 너의 창끝이
겨울 창공 힘차게 가르면

찢겨진 달러 쪼각
우수수 낙엽처럼 떨어지고
자본주의는 흙으로 돌아가고
땅속에 깊이 묻히는 제국주의

노동은 투항을 모르는 투쟁의 별
우리는 온힘으로 산다

노동자 인민의 새 길로

길을 가다가 잘못 들어서면
길가의 들꽃도 안쓰러워 알려주고
길 위의 돌멩이도 돌부리로 잘못 들어섰다
각성을 촉구 한다
톨게이트 노동자 투쟁지지 70% 민심의 파도는
잘못 들어서 가고 있는
청기와 뱃전을 치고 있다

톨게이트 노동자들 도로공사 직접고용
대법원 판결 지키라 외치며
사생결단 농성을 하는데
전기를 끊고 기자 출입 막고
여성생리대 들여가는 것조차 막는
반인륜적 패륜아
전직 민주당 국회의원 이강래 도로공사 사장이다
문재인은 뭘 하고 있나
전직 인권변호사라니

잘못 가고 있는 너희의 오만의 길은
자한당만 살찌울 뿐이다
친일의 게거품으로 먹고 산
민족을 팔아먹는 매국의 친미로

74년을 점령당한 이 땅
비온 뒤 껑충 크는 독버섯 같은 자한당을
밀어주는 건 바로 민주당이다

출세를 위해 자한당의 못된 짓거리 배웠나
미제의 개가 되는 것
박근혜가 하던 북비핵화 앵무새처럼 되뇌이는 것
박근혜가 납치해온 북 여종업원들을 돌려보내지 않는 것
돈벌이를 위해 수단과 방법을 가리지 않는 것
노동자를 탄압하는 것
어찌 민족의 숙적 자한당을 빼닮아 가나
그래서 인민의 한숨소리는 더 깊고
투쟁하는 노동자는 더 분개 한다

재벌의 착취이윤에 양념을 치고
같이 먹자 달라붙는 게딱지 아닌가
현대기아차 정의선 정몽구의
노조탄압 눈감아 주고
투쟁하는 현대기아차 비정규직 노동자에게
20억 손배가압류로 뒤통수 때리고
대법원 정규직전환 확정판결을
내몰라라 하는
도대체 어디에 정의가 있는가
청와대는 덩그러니 멍충이가 되었나
재벌과 미제와 속닥이는 간신이 되었나

자한당만 기가 사는 일에
길을 닦아주며 한 통속이 되어가는
가슴 아픈 절망에
믿을 것은 가진 것 없는 노동자 인민이다

같은 고통을 부여안은 심장의 고동은
우리가 우리 길을 내야 한다는 절박함이
고스란히 통하는
노동자 인민의 새길 함께 닦아야하는
살점을 떼어주는 아픔과 함께
우리는 뭉칠 것이다

노망든 제국주의

세월 두고 파도에 씻긴 맑은 물빛 돌멩이 같은
고난을 이겨낸 맑은 사람 보는 것은
우리가 살아가는 힘이다
먹지 않아도 배부르고
가진 것 없어도 행복하고
이루어야 할 꿈들이
자신감 넘치는 투지로 부풀어 오르는
우리들이 된다는 것

탐욕 많은 그대들 아는가
뺏기 위해 사는 그대들
지구를 지옥으로 만들려는 그대들
너만의 안락을 위해 아등바등
선의의 사람을 해칠 무기로
폭력 밖에 모르는 음모와 권모의 술수
전쟁 밖에 모르는 무식한 똘만이
착취로 거대해진 몸짓은
내장이 검게 썩어 들어가고 있다

미제국주의 너 얼굴에는 쓰여져 있다
회칠한 가면의 네 얼굴에
거센 빗줄기 쏟아지니

얼룩덜룩 붉으락푸르락
빼앗음 밖에 모르던 제국주의 밤
펜타곤 조명탄에 드러난
흡혈귀 맨얼굴의 정체가 드러난

베네주엘라를 단전시키려는
쿠바를 단전시키려는
이란을 단전시키려는
조선을 단전시키려는……
네 손아귀 작당을 거부하는 나라들에게
제재를 하는 악마의 탐욕

네가 만들어낸 F35전투기 비행날개에
네 콧날이 잘려져 떨어진 날
바로 오늘이다
네가 아무리 선한 인민을 향해
영어로 쌍말을 해대도
번역기로 귀청을 파낸 세계인민은
다 알아 듣는다
노망든 제국주의 무덤 밖에 없다는 것을

200년을 제재해도 끄떡 없다
양심과 투혼과 자주의 노래
부잣집 망해도 3년은 먹고 산다는
이미 망한 제국주의 몇 년은 끌겠지
자력갱생과 통일단결의 힘

아수라장 전쟁세계를 평정할 것이니
세계인민의 희망이고 힘이다
티 없이 맑고 고운사람 가득한 맑은 세상
그 세상 이루어지리니

눈 속의 파릇한 겨울냉이

밭등에 하얀 눈이 예뻐서
손으로 곱게 쓰다듬으며 헤쳐 보니
초록별처럼 반짝이는 겨울냉이
시리고 아리고 고와서
초록 꿈을 간직한 네가 너무 소중해서
겨울 산 마른 나뭇가지로 감겨드는 바람도
네 작은 몸 초록으로 녹아드니
마른 나뭇가지 초록의 꿈에 젖어 흔들린다
누군가 꿈을 처음으로 꾼다는 것은
여리고 슬픈 눈물방울이
전해진다는 것
우리는 잠시 아파하다가
강인한 겨울냉이 너의 손을 잡았을 때
슬픔이 여문 열매 저항의 파도가
산기슭을 오르고 산맥으로 내달아
힘이 되어 오는 열망의 길
몇 포기 애닯도록 간직했던 겨울냉이 네 꿈은
초록해방의 순수를 펼쳐놓은 이루어야 할 세상이
겨울냉이 네 손 끝에 달려 있었다

눈

하얗게 덮힌 눈
순결한 세상의 갈망
아기참새 날개쭉지에서
더 타오른다

황교안 아베 트럼프
그들은 눈을 보면
어떤 생각이 들까
대지를 덮은 어머니 마음
하얀 눈에
잠시라도 욕심 없는 마음으로 녹을까

만물은 눈 앞에서
하얀 마음으로 젖어드는데
작은 돌멩이도 깊은 사색에 잠기는데
눈 앞에서도
뺏을 궁리만 하는
황교안 아베 트럼프

그래서 눈에는
깊은 슬픔이 가라앉아 있나보다
그래서 녹으면 줄줄 눈물이 되나보다

정면돌파전
엄마참새가 힘차게 비상 한다
눈은 순결한 역사를 쓰고 있다
대지에 스며들어서
만물을 키우는

동지를 가슴에 저미며

6년 전 만났을 때 입었던
낡은 체크무늬 남방을
지금은 더 닳아진 그 체크무늬 남방을 입고 온
너의 겸손함과 순박함이 잔뜩 배어들어
나의 가슴 듬뿍 적시구나

가난에 쪼들리면서도 열정은 더 불타올라
모든 고개고개 넘어가는 너의 모습
바래다주며 돌아오는
모든 사랑이 열려있는 이 길
아련하고 부푼 가슴은
그리움 깊이 솟구치누나

갈 길이 멀다고 주저하지 않고
험난하다고 물러서지 않고
옳은 길에 모든 땀방울 뿌리고자
모든 것을 버리고 홀연히 가는 모습
그 아름다움에 내 마음 구비치구나

이 세상에 이렇게 소중한 것 있어
반짝반짝 빛나는 조약돌처럼
보이지 않는 곳의 힘으로

세상은 참으로 아름답고 소중한 것

거짓된 것들 활개 치는 세상이지만
숨어 피는 꽃처럼
세상을 진실로 바꾸어 놓고자
억세게 싸우는 너의 투지 진실
무겁게 한걸음 걸음 옮기는 너의 발자국 속에서
새 길은 환하게 열려가구나

너의 모습 앞에 무엇이 더 아름다우랴
꿈꾸는 세상 바위 같은 신념으로
모든 고난 맞받아 가는
소나무 뿌리 같은 절개로
억센 두 주먹 세월 깊게 설켜든 너의 얼굴 떠올릴 때
작은 내 가슴 바다 같은 믿음이 출렁이구나
네가 있어 새 세상은 기필코 앞당겨지고 말리라는 확신에
행복이 넘치는 날이었구나

뼈를 에어내던 백두 혹한의 얼음산등성이 전투에서
뚝뚝 떨어지던 남도의 붉은 동백꽃 그늘에서
찬란한 태양이 솟구친 피의 역사가
우리를 이렇게 낙관에 넘치게
힘차게 만들었구나

문재인 정권의 국정원 프락치 사건

히틀러의 파쇼는
돌덩이를 매달아 깊은 바다에 수장했지만
일제의 파쇼를 이승만에게 넘겨준 미제 파쇼는
우리 땅 허리를 댕강 잘라 피 철철
검붉은 바다로 뒤척이게 했다
이승만의 파쇼를 물려받은 박정희 파쇼는
온몸에 날개 달아 날아올라
푸른 하늘을 총칼로 찔러 검붉은 피가 맺혀
비 오는 날이면 붉은 피가 땅위에 흥건히 흘렀다
전두환의 파쇼는 저항하는 자주민주통일의 의인을
무참히 학살하여
봄꽃들도 피로 물들어 항거로 피었다
광화문 촛불광장을 짓밟는
태극기집회 파쇼는
미제의 파쇼를 섬기며
성조기로 몸치장을 하고
거리를 유령처럼 배회 한다

문재인 정권의 국정원 프락치 사건도
파쇼의 철조망인 것을
우리는 어떻게 해야 하는가
문재인의 국정원 파쇼는

돈에 쪼들리는 한총련 대의원을 회유하여
성매매를 제공하여 타락시키고
뭉칫돈으로 변질시켜 인질로 삼아
국정원의 개로 만들었다
국정원의 개가 되었던 국정원 프락치는
양심선언을 하며 국정원을 거느리는
문재인의 민낯을 고발 하였다

kt노조위원장 선거에 개입하여 표를 조작하여
kt민주노조를 파괴한 국정원은
kt민주노조를 비롯한 30여개 사업장을
파쇼적 노무관리를 하며 민주노조를 파괴한
지금 재판 중에 있는 반노동자 국정원의 범죄 또한
빙산의 일각일 뿐이다

민주주의 수호를 내건 수천만의 촛불을 희롱하는
국정원의 뒤에는
미제의 파쇼가 독사눈을 뜨고 있으니
문재인은 국정원의 파쇼를 수호하는 정권인가

총총걸음 갈 길을 가는 민중해방 조국해방의 길에
뾰죽뾰죽 가시못을 치는 국정원의 손에서
일제의 파쇼가 살아나고
이승만 박정희 전두환의 파쇼가 살아나고
태극기 집회 파쇼가 활개치고
문재인이 버젓이 국정원 파쇼를 이어가는 지금

우리의 민주주의는 어디에 있는가

초겨울 감나무 꼭대기 한 알의 주홍빛 까치밥처럼
우리의 주홍글씨
아직도 국정원 파쇼는 정권의 비호를 받으며
마음 놓고 민중을 사냥하고 있다
미제 파쇼의 편에 선
온갖 정치음모와 파괴 폭력의 파쇼집단
국정원을 해체하지 않는 한
문재인 정권도 파쇼다

미군이 주둔하는 식민지 나라

가여운 가을나비 파르르 죽음에 떨고
가을국화 향기로 곡을 슬피 하여
소복 입은 여인처럼 달빛에 처연하다
식민지 나라 슬프지 않은 것 없으니

이 돈이면 우리 백성이
요긴하게 쓸 수 있는 돈인데 알면서도
미제무기 사가라는 한마디에 짓눌려
조아리고 계산서 받아든 손이
가을나비처럼 파르르
대통령도 맥 못 추는 식민지 나라
해방하자고
미 대사관 담을 넘은 대학생들
폭력으로 짓이기며 연행하고 구속하고
대한민국 경찰은 미제의 경찰이라
검찰도 언론도 판사의 법복도
미제의 것이라
서초동 300만 촛불도
2500만 일 때 묻은 노동자도
이 진실을 관통해야
진정 해방을 가져올 수 있으니

미 제국주의에 편입되어
꼬마제국주의로 살아가자는
만년 식민지라도 좋다
무조건 잘 먹고 잘 살면 된다는 허위선전
결국 재벌이 다 쓸어가는
자본주의 뿌리를 키워
못사는 나라 돈 뜯으면 된다는
천박한 자본주의를 추구하는
경제동물 되자는 건가
정치는 없고 자주도 없고

뒷골목 술집에는
자본주의 강도 높은 노동에 시달린 피곤이
곤드래 술잔으로 부딪히고
실업자와 예비실업자들이 갈 곳 없이 방황하는 거리는
꿈이라고는 찾아볼 수 없는
도시 때에 찔은 비둘기가 되었다

미제가 노리는 허공의 초점 잃은 눈망울을 걷어내고
정신 번쩍 주체로 살아
식민 그물 같이 걷어내자고
미 대사관 담을 넘은 대학생들
언니 오빠 형 엄마 아빠가 되어
우리가 안아 오자

미제 추종 자유한국당

인디언의 피를 빨아먹은
성조기 속 빨간 빨대 7개와 하얀 빨대 6개는
13개의 식민지를 상징했다
태생부터 그런 성조기
미제의 살인을 찬양하는 태극기부대
해방 후 우리 민족 600만을 학살하여
더욱 빨개진 성조기 속 흡혈 빨간 빨대를 들고
혁명의 광장 광화문을 더럽히는
태극기부대

목을 칼칼하게 하는 미세먼지 되어
역사의 공기를 매캐하게 하는 태극기부대
헝클어진 머리카락처럼 혼란에 빠져
진실을 외면하고 짓밟는 무리
태극기부대를 조종하는 음모의 성조기

계엄령 지시 보고받은 내란음모 황교안
계엄령 문건보고 조사도 안한 직무유기 윤석열 검찰총장
썩은 검찰 질타하는
군인권센터 소장 임태훈을
삼청교육대 훈련 받아야 한다고 내지르는
치 떨리는 공관병 갑질 박찬주를

자유한국당에 영입한다는 황교안
더러운 것들은 더러운 것들 끼리 엉켜

미제 성조기를 떠받드는
태극기집회에서 술판 벌이고
벌건 얼굴로 경찰에 몽둥이 휘두르고
공공시설까지 파괴하는
눈 뒤집힌 서북청년단 되어
미쳐 돌아치고 있다
민족의 평화와 통일을 가로막는
살인의 피가 그리 좋더냐

미국은 세계 민중을 학살하여
그 피로 지은 궁전
그 궁전 속에는 드라큘라가 우글우글
황교안 나경원 윤석열을 조종하고 있다

민중을 학살하고 등골을 빼먹는
잔인한 낯짝들은
죽음을 유영하는 늦가을 모기보다 못한
역사에서 꼬꾸라질 위기감에 쏠리고

울긋불긋 피어나는 가을산 단풍 같은
민주화의 파도 촛불물결에
악에 받친 죽음의 절망을
종잇장에 불과한 성조기가 살려주리라

실 날 같은 발버둥
죽어야 할 것들이 죽을 수밖에 없는

민중의 승리 민주와 통일의 전진이 두려워
이미 썩은 몸통 미제의 품속으로
구더기처럼 오글오글 파고든다
자유한국당

민족의 등골을 빼먹는 미래통합당

살 에이는 겨울 이기고
진달래 개나리로 피는 민중을

일왕생일에 가서 술잔 높이 들고
일왕충성을 맹세하고
일왕이 하사한 유리구두 신고
진달래 개나리 꽃잎 짓이기는 나경원

신음하는 식민지 민족에게 따발총을 내갈기라고
일제에 전투기를 바친 아버지를
어찌 꼭 그리 빼닮아
한반도 주둔 미군총독부 대장을 업고 헹가래친
민족의 등에 비수를 꽂고
칼웃음으로 벙글었던 김무성

부정부패로 얼룩진 박근혜 때
2015년 10월 국무총리 해먹으며
자위대 한반도 주둔 들먹인
민족을 팔아먹으며
일제 한반도 재침략의 문을
열어 주려한 황교안

아동성범죄강간범 탈북자 태영호를
국회의원으로 끌어들이는

어찌 이리도 미래통합당은 몽땅
매국의 집합체인가

미래통합당이 이름만 바꾸며 변신하여
민중을 속이고 우민으로 만들기 위해
TV조선 채널A 뉴라이트 일베 신천지를 앞세워
가짜뉴스로 여론을 조작하고
민족의 등골을 빼먹으며 살찐

간교하고 뻔뻔한 낯짝을 하고
치마꼬리 바지꼬리 휘휘 날리며
민족과 민중을 짓밟으며 설치더니
반역의 식은땀에 옷이 다 젖었다

대대로 민중의 피와 기름을 짜내어
거대해진 돈뭉치 곳간열쇠를
민중은 되찾기 위해
결사항전을 벌일 것이다
느네들의 머리꼭대기에서
정수리 숨통을 내리찍을 것이다

민중은 속이면 넘어가는 어리숙한
식민지 백성이 더 이상 아니다

미래통합당의 종말은
낫을 든 민중의 손에 달려있다

더 이상 빼앗기지 않는다
친일 친미 매국노 너희들
민심이 천심인 성난 해일로
매국노 것들 싹 쓸어버릴 것이다

민족해방과 계급해방을 실천했던 권오설

오른손 왼손 맞잡으면 굳은 결심
펄펄 끓는 심장이다
민족의 혈맥과 노동해방 투쟁이
제대로 뜨겁게 만나면
간악한 일제를 쳐부술 수 있다
좌우합작 6.10만세운동
혁명가 권오설은 그렇게 앞장서 살았다

대구보통학교에서 민족의식을 고취하다
퇴학을 당한 권오설
민족이 일제의 식민지에 있는데
해방되지 않고 계급해방이 있으랴
계급이 억압 속에 있는데
온전한 민족해방이 있으랴
민족주의 사회주의 혁명가 권오설

6.10만세운동을 주도하다 피체되어
잔혹한 고문으로 옥중 순국하신지
90년이 되었지만
조선반도 남쪽은 아직도
해방이 되지 못하였다
통일되지 못한 통탄의 땅

권오설이여 그 원한 어찌 하리오

백번이고 죽었다 살아나도
노동에서 해방되고 식민에서 해방되는
참세상 열어가는 권오설 혁명가여
한 떨기 동백꽃잎에 맺혀 피를 태우고
수만의 진달래꽃잎에 살아 민족의 혼으로
태우고 다시 태우며 전하는 말
노동계급의 주인이 되어라
노동계급과 힘을 합치는 농민이 되어라
민족의 주인 통일이 되어라

누런 벼이삭으로 수그려 양식이 되시고
동해바다 푸른 고등어보리살로 밥상에 오르시고
용접공의 푸른 불꽃 희망으로 번쩍이며
김매는 농민의 굳은살 박힌 흙손으로
편한 날 없는 식민의 그물을 걷어 태우라

간섭과 지배로부터 자유롭게 해방되어라
민족의 경사 남북이 얼싸안고 통일 하여라
그대의 울림 산천에 가득 차 넘치네

우리의 심장 뜨겁게 고동친다
6.10만세 지도자
진홍 핏빛 세상 넘어 넘어
살아있다 권오설동지여

밤나무

잎사귀 갈피갈피 선함이 배어
소슬한 바람에 잠결 같은 평화가
쏴르르쏴르르 퍼지고
작은 새 애기벌레 먹고
포르르 날개 떨며 미안해 미안해
부처님 같은 고뇌의 노래 부른다
새 노래를 소소히 들은 밤나무는
벌에게 밤꿀 내주며
이것은 내 친구 애기벌레의 희생의 몫이야
서로 사랑하는 밤나무의 풍경에는
독차지만을 위한
미제의 핵무기 욕망 같은 것은 끼어들 수 없다

개인이기주의 욕망의 덩어리는
자본주의를 지속시키고
인민에게 돌아 갈 이익을
미제국주의에게 몽땅 바쳐
역사의 법칙에서 몰락 할
제국주의를 연명 시킨다
개인이기주의 욕망과의 싸움은
인간이 인간답고자 하는
순수한 투쟁의 첫 걸음이다

자기밖에 모르는 이기적인 허영에 갇혀
속임질만 하는 인간은
역사의 전진을 가로 막는다
분단74년 남쪽은 개인이기주의에 길들여져
자기 발목을 묶은 시간들이다
이기적인 사람이 싫어
그런 사람에게 먹힐까봐
밤송이는 가시를 곧추세우고
밤톨을 감추었다

밤가시 같은 조선핵은
밤알 같은 인민을 전쟁으로부터 보호하고
인민의 평화의 밥이 된다
미제 군산복합체의 전쟁과 공격의 핵과
차원이 다른
미제 침략으로부터 인민을 보호하는
자주의 핵이다
전쟁을 억지하는 평화의 핵이다
이것이 조선핵의 진실이다

배반자의 끝은 파멸밖에 없다

투쟁하는 노동자를 두려워하는 자
바로 네 뒤가 구리기 때문이다

한 떨기 어여쁜 꽃들이 뭉쳐
생존의 피를 토해내는데
공권력 구사대 동원하여
폭행하고 연행하는 전쟁터
이게 바로 파쇼다

노동존중은 어디로 증발 했는가
청와대에서 젊잖게 밥을 먹는 노신사
그 밥상을 누가 차려 주었는가
생존을 가로막는 철창을 부수는
1500명 톨게이트 노동자의
노동의 순결성을 아는가
생존의 절벽에 매달려
평지로 오르려는 투쟁을
무엇이 두려워 당신은
그들의 두 손목을 짓밟고 있는가

법은 항상 가진 자 편에 섰지만
양심의 판사가 있어

대법원에서 내린 톨게이트 노동자 승리의 판결을
왜 지키지 못 하는가
노동자 투쟁을 거부하는 자본가 논리에 싸묻혀
진실을 짓밟는 폭력

양처럼 순한 노동자들이
자신을 억압하는 부당한 세력을
지치도록 겪다가
비로소 인간이고자하는 당당한 투쟁은
찔레가시를 헤쳐 피어난 눈부신 찔레꽃이다

겨울을 헤치고 봄을 함께 맞으려는
인간사랑으로 똘똘 뭉친
사심 없는 순수한 생명으로
고난의 투쟁을 엮어
이 세상을 추석 보름달처럼 환하게 비추려는
고귀한 뜻의 톨게이트 노동자 투쟁은
자본가 욕망으로 고여 썩은 물을
철철 흐르게 하여
모든 인간이 맑은 물을 마시게 하려는
위대한 어머니의 심성이다

차별 속에 켜켜이 끼인 더러운 기름때
완전히 제거하려는
힘겨운 노동자 투쟁을 보고
머리가 있다면 머리로 생각하고

가슴이 있다면 가슴을 열어놓고
마음이 있다면 마음을 들여다보라
다리가 있다면 다리로 어디를 걸을 것인가
아니면 무몸통 유령인가

사막 같은 억압의 소굴
차별에 또 차별 비정규직 노동자의
설움을 분노를 희망을 짓밟는
누구의 편에 서는 것이
진정 사랑의 길인가
노동자는 전 인류의 대변인이다

역사를 끌어가는 손수레꾼이 되길 바랬지만
너무 멀리 가는 그대
배반자의 끝은 파멸 밖에 없으며
투쟁의 역사가 심판할 것이다

볼 장 다보는 자본주의

자본주의는 좀 고쳐서
될 일이 아니다

수업배당이 많아 쩔쩔맨다는
잘 나가는 교수는
자본주의는 좀 고치면 된다고 한다

평생 시간강사에 목줄 댕강이던
겨우 살아낸 강사는
내가 비정규직이었다고
자본주의 노예노동의 현장에서 고초를 겪었던
과거가 지금 새롭다고
김용균 비정규직 노동자의 죽음을 보고
뒤늦게 알게 되었다고

알게 되었다는 것은
인간에게 열려지는
무한한 가능성의 시작이다

겨울바람이 매섭게 불 때
가는 줄기 작은 나무가
더 춥고 애처롭다

인간의 본성은 가엾음에 대한
연민도 깊은데
자본주의는 인간의 본성을
갉아먹는 괴물이다

탐욕으로 얼굴 벌건
세종호텔 사장 주명건은
민주노조 활동을 하는 조합원들에게
임금 30% 삭감하고 해고 강제이직
갖은 탄압을 일삼다
세종호텔 앞 새둥지 같은 작은 농성천막을
2월5일까지 강제철거 한다고 통보 했다
노동자를 억압하며 살찐 비계덩이 탐욕이 최고인 양
이런 자본주의를 어찌 용납하란 말인가

짓밟는 경쟁 분열과 탐욕으로
살아가는 것이 잘 사는 양
동료 간에 이간질을 부추기는 노무관리
자본주의에 길들이는 폭력 앞에
작은 벌레 같은 삶을 강요당해
동떨어져 골방에서
혼술로 외로운 것은 이미 세태다

홍콩시위에서 보듯이
자본주의에 사육당한 몽매한 자유가
얼마나 위험한 것인지

반인간의 편에 선, 자본주의에 오염 되었는지
모르는 자유가
인간을 얼마나 속물의 시위로 만드는지

인생을 정말 소중하게 살아야 하는데
잡초보다 못한 인간이 되는지도 모르고
바람 부는 대로 살아가는
몰주체로 만드는 자본주의 기계 속에 돌려져
로봇 같은 사람이
거리에 가득 하다면
인간으로써 인생의 꿈은 실종되고
우리는 무엇인가

자본주의는 서로 이기주의와 질투 탐욕으로
상처입고 후벼파진
변태 같은 인간의 무자유의 시끌거리는 수다 같은
공간이다

잉여가치를 노동자에게 쥐어짜는 것만이 아니라
식민지 민족의 자원과 잉여가치를 통째로 삼키는
제국주의 착취시장의 바탕이 자본주의다
외국자본이 52% 58% 침투당한 우리 경제
이익을 절반 넘게 뚝 떼어가는 식민경제

우리는 자본가 먹이가 되지 말고
제국주의 먹이가 되지도 말고

남을 먹이로 먹어치우려고 하지 않아야 한다

우리는 인간의 앞날을 향해 전진하는
자주적이고 창조적이고 의식적인
고상한 인간의 본성을 누릴 때
자본주의는 바로 무덤이 된다

새로운 길

질척거리는 자본주의 시궁창속에서
마사회 비리 유서 쓰고 죽어간
문중원 열사의 가여운 아내
경찰에게
머리채 뜯기고 목이 졸리고 발길에 채이고
TV에는 결코 방영되지 않는
비현실 같은 현실이
더욱 외롭고 억울하여
달빛같이 내민 손에 더욱 서러워
피멍든 작은 몸에 해일같이 밀려오는 분노
우리는 이렇게 매일 죽으며 산다

우리 땅 갈라놓고 무기 팔아 처먹는
미국놈 보다 더 미국놈이 된 황교안
우리 땅 재침략에 날을 세운
일본놈 보다 더 일본년이 된 나경원
자유한국당을 밀어주는 매국노가 되어버린 윤석열
고깃덩이 같은 이들을 요리해 먹으면 되지
어디 헛발길질이냐
검찰 경찰 교육청 지역유지 목사 교수 방송인 언론인 정치가
미제 프락치가 득시글거리는 식민지 이 땅
우리야말로 새로운 각오로

새로운 길을 가야 한다

서릿발 잔뜩 먹은 언 땅을 삽질하는
어려움이 있더라도
민족을 팔아먹고 통일을 방해하고
노동계급을 압살하는
매국노 반동들을 깡그리 파묻어야 한다

너와나 우리들
용암같이 뜨거운 열정으로
백두산 빨치산의 우등불에 넘실거렸던
악조건 속에서도 희망으로 부풀었던
오직 승전의 기개
우리는 그 피가 흐른다

심장 속 끓어오르는 태양 품고
단결 단결 통일단결
승전고를 높이 울리며
인민과 함께 새로운 역사
지천을 흔들며 더러운 것들 싹 쓸어버리는
새로운 길을 가자

음주운전대를 잡은 자유한국당

자한당 장제원 아들의 음주운전대를
황교안 나경원이 대를 잇고 잡고서
백주대낮 역주행을 하며
그나마 이룩하려는 민주주의를 치고 뺑소니 친다
옷만 갈아입은 자한당이
언제 맨 정신이었나

산더미 같은 부정부패와 독재권력 향수에 취해
민중의 빈주머니를 탈탈 털어가던 강도였던 그들이
노동운동하는 노동자를 죽여서
동굴 앞에 갖다 버리고
민주주의 운동하던 박종철을
고문하여 죽이던
피 묻은 그 손으로
민주주의 무덤을 파느라
공동묘지 유령으로 떠돈다

아프리카돼지열병에 걸린 불쌍한 돼지처럼
깡그리 매몰되어야할 자한당
나경원이 피부미용 받는 어마어마한 돈은
가난한 집 죽사발을 가로채간 돈이고
살가죽만 남은 민중의 기름을

앙칼지게 짜내간 돈이다
민중의 피와 기름을 짜내어
썩은 쥐새끼처럼 살던 오물 같은 것들이
무슨 피해자인양
길길이 날뛰는 자한당 모습은
지옥의 악마가 와도
저리 뻔뻔하겠는가

너희가 저지른 착취의 죄 값 때문에
민중은 민생도탄에 빠져
줄도산 하는데
그 주범이 어디다 경제를 입에 올리고
줄 사기 치고 있느냐
속지마라 백성이여
나경원이 빼입은 바지꼬리에
백여우의 꼬리가 잡히지 않느냐
아베에게 술잔을 바치며 꼬리를 치는
민족을 팔아먹는 반역자
그들은 대대손손 뼛속까지 친일파였다

살다 살다 별꼬라지를 다 본다
황교안의 머리통이 삭발하니
교활로 가득 찬 머리통이 건덕건덕
네 정체를 뚜렷이 드러낼 뿐이다
너희가 막장을 아느냐
민중을 도살하듯 막장에 몰아넣던

독재권력 너희가
막장 쇼를 하는 걸 보니
진짜 역사의 막장으로 처박힐 때가 왔다

자한당을 죽이지 않고서는
민족의 미래 청년의 미래 아이들의 미래가
안개 속에 갇힌다
오직 민중과 민족을 억압하는
너희들만의 권력을 잡기 위해
독사눈 뜨고 설치는 자한당
민족 민중을 파쇼지옥에 처넣으려는
너희의 검질긴 음모를
온 민중이 들고 일어나
다시는 일어서지 못하도록
보기 좋게 박살내고 말 것이다
그 제서야 우리는 개돼지 취급 받지 않는
사람으로 산다

자유한국당의 꼬라지들

부정부패로 경제를 망치고
반통일 정책으로 민족을 억압하던 것들
뱀의 대가리 곧추세운 황교안
뱀의 혓바닥을 날름거리는 나경원
다이너마이트로 청와대를 폭파 하겠다는 내란죄 김무성
폭력으로 국회를 마비시키고
미쳐서 돌아치는 볼쌍 사나운 것들

친일파 것들이 친미파 되어
지 배만 채우며
백성들의 피로 재산 불린
박정희 전두환 이명박 박근혜 후예들
촛불로 심판 당한 후
고개도 내밀지 못하고 있다가
국회의원 의석수로 문재인의 발목을 잡고
개혁도 제대로 못하고 있는
빈틈을 노리고 있다가
민족의 성지 광화문에까지 진을 치고
성조기 신주단지처럼 모시고 휘날리며
극우파쇼의 대가리 쳐들고 있구나
국민을 속이고 기만하다가
마약중독 같은 식민정권의 환각에 빠져

민족을 죽이고 매국으로 살겠다고
완전히 미쳐 목숨 선언을 하는 졸개들

우리국민이 바보냐
속이면 넘어가는 백성인 줄 알고
써먹던 짓거리 발광을 하누나
다음 총선 때 자한당 경북도당만 남고
궤멸 당할 것들이
국민을 만만히 보고 지 세상 만들겠다고
몸부림치지만
맞지 않는 로또복권 되어
흩뿌려지리니

경제를 망친 건 자한당 것들이다
너희들이 망쳐먹은 경제
너희가 싸놓은 똥 다 치우고 있는
미국발 세계경제위기를 통일경제로 돌파해 나가려는
문재인한테
왜 어불성설 덤탱이 씌우려고 하느냐
이명박 박근혜 때부터 곪고 곪아 터진 경제위기
자한당이 경제파탄 주범이다

똥 묻은 개가 재 묻은 개를 뭐라 한다고
주제도 모르고
태극기부대 곁을 지나는 사람들이
너희를 보고 다들 어떻게 눈살을 찌푸리는지

눈치코치도 없이 나대는 것들
미제 똥구멍이나 핥다가
망해갈 것들
역사에서 심판 받은 박근혜 최순실 핥다가
쓰러질 것들
뻔뻔한 낯짝에 오물 덮어쓰고
지옥에나 빠질 것들
국민들의 저주를 받는 너희 운명은
지 아무리 발악을 해도
끝장날 일밖에 없다

역사에서 깨어난 선한 백성들은
너희를 단단히 심판할 것이다
박근혜 부정선거로 차지한
국회의원 의석수에 목을 매고
온갖 못된 짓으로 국회를 파탄시키는 짓거리
생생히 보고 있는
새 세상은 결코 너희 편이 아니다
마지막 단말마 자한당
세월호를 집어 삼킨 너희를
백성들이 집어 삼키고 말 것이다
자한당이 망해야
민족이 살고 백성이 산다

자한당을 살려낸 건 문재인이다

과격하지도 않은 김명환 민주노총위원장 구속
문재인정권의 필연인지 모르겠다
폭력적인 정권의 탄압을 보고
맨주먹으로 구가한 평화투쟁의 댓가가
모래알 속으로 스며들어
흔적 없이 사라진 생명의 물을 보고
증오는 바닷가 해송 솔침에 맺혀
바다 같은 억센 힘으로 무너뜨릴
꿈만으로 삭여들까
성난 파도 밀려드는 해일 같은
민중의 힘으로 삼켜버릴 족속들

역사와 민족과 계급의 적 자한당들은
미제가 물려준 친일자산과 부정축재 매국권력으로
국회를 파탄내고
민족을 잡아먹는 악다귀로 뻔뻔한 낯판들을
살려주는 건 문재인정권이다

미제 앞에 두부처럼 물러 터져
주는 대로 받아 처먹는
게걸스런 반노동자적 반민중적 낯판이
교활한 황교안과 얼마나 다른가

노르웨이 유럽 아시아 돌아치며
미제가 뱉어 준 북비핵화 노나거리며
우경기회주의 가면의 그 얼굴이
무엇을 믿고 민주노총 탄압하나
자기편을 찔러대는 무자비한 칼날은
자살골이나 처넣다가
중간층 잡아 보겠다고 헛된 전술로
재벌에게 아양을 떠는 꼴불견들
중간층은 민중 편에 섰을 때 탄탄해 지는 것

70년을 미제에게 식민지 숙주 분열정치교육만 받아서
적아를 구별 못하여
결국 팽 당하려고
제 무덤만 깊숙이 파고 있구나

촛불혁명 끝 무렵 오른쪽 발만 살짝 담그고
대통령이 되었다
민중탄압 노동탄압을 하여
누구에게 나라를 갖다 바치려 하느냐
문재인 나라가 아니라 민중의 나라다
함부로 하지마라

주체를 이길 수 없다

우리는 살집이 없이
이방 저방 이집 저집
비오는 날 처마의
잠시 비 피하는 새이지만

해와 달 별을 품고 있다
너른한 해와 달 별은
누구나 가질 수 있는
공평의 무기다

무너져 내리는 집 어린아이가
한 뼘 마당에서
봄볕 맞아 익은 얼굴에
슬픈 꿈이 냉이처럼 돋고

가난이 안개처럼 번진 산동네에도
해와 달과 별은 안스러이
힘내라고
고달픈 상처에 약 발라주는
우리 편이다

외딴집 낡은 지붕에도

만삭의 여인처럼
생명이 부푸는데

녹슨 아메리카 무기가
이 같으랴

우리는
해와 달 별을 끼고
영원을 지향하는 주체다

가로놓인 벽이 겹겹이지만
지푸라기 같은 절망에 단련되어
헛된 꿈은 믿지 않는
힘겹지만
가로등같이 외로 서서
어둠을 밝히는
우리 하나 하나는
해와 달과 별이 되었다

아메리카전쟁은
해와 달과 별을
결코 이기지 못하는
패배의 필연적 헛꿈은
조약돌 하나도
이기지 못하여
참수되고 말 것이다

집 앞의 나무

땅속에 뿌리 내리고
묵묵히 서있는 너

너의 잔뿌리들은
땅속 세상 억울한 얘기를
놓치지 않고 들었지

너의 듬직한 기둥에
깊은 밤 나의 생각들이 꽂혀
배어들었고
너 속에서 곰삭아져
나는 마음을 불살랐지

겨울나무 잔가지들은
살 트는 추위 같은
먼 곳의 에인 얘기들을
마음으로 다 담아내어
찬바람 맞는 너의 고생은
아무것도 아니라고 했지

그래서 잎을 피우는 너

세상 진실한 얘기가
막힘없는 너에게 닿아
이파리에 부딪치는 바람과 함께
어우러진 작은 노래에
내 마음이 너로 물든다

청년들은 현실이고 미래다

28세 딸에게 전화를 했다
우리 기성세대가 너희 청년들에게
배울 것은 뭐니

치열함이야
우리는 초등학교 때부터 경쟁에 내몰려
치열하게 살았어
그런데 이런 치열함이 좋은 게 아니야
우리 세대는 우리라는 말이 없어진대
각자 사는 게 좋은 대학 좋은 직장에 매달리는
꿈이 그게 다야
얼마나 허망해
우리는 개인이기주의야

아니야 너희는 개인이기주의가 아니야
기성세대가 훨 개인이기주의야
6.10투쟁도 끝까지 싸우지 못하고
6.29선언에 무너지고
촛불혁명도 박근혜 탄핵은 했지만
지도부가 끝까지 싸움을 끌고 가지 않아서
문재인은 기득권이 되어 자본가 편에 서서
노동자를 탄압하고 있잖아

이게 훨 개인이기주의야
기껏 사회과학 서적 몇 권 보고
혁명을 한다고 했지만
변절하고 포기하고 제 살 궁리를 찾고
기득권으로 나가떨어진
기성세대는 더 고약한 개인이기주의야
기성세대가 너희에게 또 배울 것은 없니

없어 치열함 밖에 없다고 생각해
우리 세대가 가장 듣기 싫은 말은
우리 때는 안 그랬어 힘 들었어 하는 말이래
우리는 그런 사람들을 꼰대라고 불러
우리는 애 낳는 것도 겁이나
사교육비가 한 달에 백만원이래
먹고 사는 것도 힘든데 어떻게 애를 낳나
지금의 자본주의 사회에서
돈 벌어 놓고 애를 낳으려면 평생 못 낳는다고 하면서
무조건 애를 낳고 보라고 하지만
사실 겁이나
애한테 이런 세상을 어떻게 물려주나
요즘 청년들은 어렵게 결혼을 해도
스트레스를 너무 받는 생활이라서 불임이 많대

우리 기성세대들은 너희들을
자본주의 경쟁이라는 감옥에 처넣고
못을 박았지만

너희들은 의외로 자유분방하고
반항하며 본질을 본다
청년실업자가 치열하지 않는 실업자가
어디 있는가
비정규직 알바에 시달리면서도
결코 그들은 비굴하지 않다
우리는 그들 앞에
우리의 덜떨어진 치열했던 삶을
부끄러워해야 한다

태양을 맞이하는 새벽별

떠나가지 않고
모두 혁명을 했다면
아마 진작에 민중에게
별을 따 줄 수 있었으리

자신만을 위한 삶이 아니라
모두를 위한다는 충성의 맹세는
병들어 일 못하는 목수처럼
대패만 덩그라니 남기고
막걸리 따라놓고
마시지 않은
가라앉은 침전물처럼
오는 혁명의 시간을 늑잖히고
어디에서 가라앉아 있나

함께 일 했다면
얼마나 좋았을 텐데
철새처럼 날아가 버린 빈들에
이삭주이를 하는
혁명에는 진한 외로움이
배어있는지도 모른다

혁명은 남아있는 사람이
더 많이 일해야 하는
밀린 과제를
온밤 새워 처리하는
두 몫의 일을 해야 하는
새로운 운명인 것 같아

떠나간 사람들
개인으로 돌아가 살아가 봤자
어차피 빈손일 텐데

싸우지 않고는
운명을 바꿀 수 없다는 진리는
봄이 오면 돋아나는 싹처럼
겨울을 인내한 사람들이
백만 군대가 되어 내달리는
민중의 파도 희열로 돌아올 텐데

민중과 함께 느끼려는
소박한 사람
드문드문 민중 속에 박혀
꼬박 밤을 새워 일하는 새벽별로
태양을 맞을 일을 놓지 않으리

혁명

혁명이라는 것은
신나는 것이지만 참 어려운 것이다
잘 풀리는가 하다가도
바윗덩이가 앞을 가릴 때도 있고
들꽃 천지 대중의 꽃바다가 있기도 하고
풀피리 부는 순수한 아동 같은
맑은 사람이 있어
행복하기도 하다가도
배신의 쓰라림에
천길 낭떠러지로 떨어지는가 하다가도
햇솜 같은 동지의 따스함에
술 한잔 나누기도 한다

산을 넘으면 산이 있고 또 산이 있고
산마루 마루 강철 같은 심장에 새겨놓은
맹세의 붉은 깃발 꽂아놓고
뒤에서 오는 동지 앞에서 가는 동지
믿음 사랑으로 든든한 발걸음
미로 같은 길을 헤쳐 나갈지라도
전진 전진만이 있는 것이다 혁명은
핏빛 스민 전투 뒤에 필연적인 승리
혁명에는 반드시 갈증을 가셔주는

잘 익은 환희의 과실이 있다

고난의 외다리를 건너면서
외롭고 힘들 때
만길 떨어진 동지를 그리며
홀로 일당백의 혁명정신으로
천의 적을 쓰러뜨리는 기개
혁명은 용기이고 지략이고 실전이다
목숨 내건 투쟁이 쌓여
여기까지 왔지만
갈 길이 아주 먼 것이 혁명이다
그래서 혁명은
대를 이어서 하는 것이다
대를 잇기 위해
목숨을 내거는 것이다

혁명은 경이로운 길

혁명을 한다면서
자만자족의 웅덩이에 빠져
자기만이 잘 낫다고 한사코 우기는 사람에게는
혁명이라는 이름을 빼야 하는지 모른다

사람 속을 자세히 보면
잘난 면이 너무 많아
인간의 만남이 새로운데
참된 만남은 경이로움으로
이런 사람이 무슨 일을 못해내랴
가능성의 창문이 활짝 열리는데

이런 창문을 쾅쾅 닫아버리는 심술꾼
지만 잘 낫다고 우기는 사람은
열려진 세상으로 나가는 경이로운
무수한 사람들을 제대로 만나지 못하고
스스로 지은 폐쇄된 감방 속에 자신을 가둬놓고
빛줄기 찾아 나아가는 사람
분출하는 힘을 믿지 못하고
인간의 본성인 자주성을 억압하며
발목 잡는 일을 한다
그것, 소영웅성의 실체는 결국 주관적 욕망이다

항상 배우려고 하는 겸손한 새로운 사람
새로운 일을 하므로
경이로운 세상 열리는데
봄싹 같은 경이로운 사람
봄꽃 같은 이쁨이 뭉쳐
너도 잘나고 나도 잘나고
보름달도 춤추는 강강수월래가 혁명일 텐데

새로운 사람이 열어가는
새로운 길을 한사코 막지마라
너는 이미 이념이 관념으로 고형화 된
산 사람을 보지 못하고 폄하하는 형식주의
책상머리 낡은 말뚝을 박는 낡은 사람

새로운 사람이 새 것을 창조하는
경이로운 길 열어 간다
우리는 항상 구태의연하지 않은
새로운 사람이 되어야
혁명을 제대로 할 것이다

눈이 좋아라

살픈 살픈 복실눈이
따끈한 아랫목같이 포근하게 오더니
세상을 하얗게 만들었다

아무도 밟지 않은 눈밭은
태고의 정적 울리며
짓밟힌 사람이 상처를 씻는
마음의 텃밭

고라니 노루 오소리 발자국 찍힌
산기슭 눈밭은
짐승들의 천진함이
하얀 거울에 반사되어 눈부시고

놀이터 눈싸움 하는 아이들
개구쟁이 어지러운 발자국에는
눈의 정겨운 마음이 꾹꾹 눌러져
후한 쌀됫박같이 수부룩하다

차들도 하얀 면사포 쓰고
엉금엉금 고생하지만
그래도 내심 좋아라

고생해도 눈이 좋아 미끄러져도 눈이 좋아
하얀 마음이 좋아
가장 천진하고 순수해지는 마음
눈 녹으면 없어질라
까치발 뛰는 사람들

도시의 불빛

꿈이 회오리 져 날아간 허공
욕망과 허망이 범벅이 된
사무실 문을 닫고 나오는
비스므레한 군상들

한 귀퉁이 먼지 낀 국화꽃 되어
불빛 찾아 들어가
소주잔 부딪치며
추르르 힘겨운 하루 털어 넣는다

빛도 갇혀 잠긴 바닥에
배신이 배신에
사금파리로 살이 찔렸지만
같은 처지 바로 사람이란 걸
놓치지 않으려고 마른 손 내미는
도시의 바닥 친 만남들

떠밀려 가는지 떠밀어 가는지
샛별 같은 꿈을 꾸었던 적이 있었다는 것도
아스라한 취기처럼
혹독한 현실의 매타작으로
진이 빠진 도시의 불빛사이

소년의 순수 간직한
꿈같은 사람은
낙타 타고 어디로 떠나갔나

없는 사람 찾는 절망의 그리움으로
도시의 불빛 외로움에 갇혀
눈물 고여 반짝일 수가 없다

좌절된 야망 풍선처럼 날려 보내고
소년의 순수 등불처럼 밝히라고
도시의 불빛 목이 메어
벙어리 냉가슴 노랗게 젖은
정체된 결정체로 가물거린다

사랑

쉬지 않고 흐르는 물
만남을 이루는
사랑이레라

사랑이 부족해서 못 다 하는 일
일상에 묻혀
너를 깊이 헤아리지 못하고
돌아서 걷는
노동에 지친 어깨 위에
나비같이 내려앉는 아이 웃음
우리들 사랑의 세상
이 거리엔 정녕 없는 것인가
바라는 것 허공에 뜬
작은 꿈마저 깨부수는 폭력들
돈만 있고 사랑이 없어서라

사랑마저 돈을 주고 사고파는
삼성전자 인계동 술집거리
노동자를 돈을 주고 사면서
사랑의 혼을 빼먹은
삼성자본의 거래 현장

숱한 삼성 노동자가
70만원 주고 잠시 산 사랑의 거래로
검은 사랑 누설하며
인계동 술집거리를 흐느적 거린다

노동조합 만들기 힘든 삼성
노동자를 돈의 노예로 만들어
진실한 사랑에는 눈도 뜨지 못하게
노동자를 요리하면서
삼성전자 인계동 술집거리
불나방들이 목말라 퍼덕이구나

망가진 너에게
사랑의 물이 되어주리
사는 것이 무엇인지
진정 사랑의 물이 되어주리
시궁창 속에도
사랑은 빛날 수 있는 것
깊은 사랑 흠뻑
조국의 품에 안기게 하리

서울역 노숙자

갯마을 배추국화 꽃그늘
담장 벽에 썼던
남의 것 빼앗지 않고 살리라
혈서처럼 새겼던
다부진 맹세

서울역 앞뜰 바닥에 쪼그리고
찬 서리 맞은 낙엽으로 새우고
흡연상자에서
담배 한 대 선의를 구하는
눈빛은 배추국화

바늘 돋친 세상
맨발로 걸어
때 묻은 검은 피
말없이 흐르는
닦아주는 하나님은 없는데

하나님을 믿으라 마이크 쇳소리
귓속에 딱지 져서
윙윙 왕파리 소리 들릴 리 없네

남의 것 빼앗지 않고 살리라
실천했던 대가가
지옥 같아도
선의의 눈빛 지울 수 없네

이름 없는 영웅

쉬지 않고 산소를 내뿜는 건
이름 내걸지 않고
투쟁하기 때문이다

큰 태풍에도 강풍에도
목숨 걸고 싸웠지만
나무는 스스로
이름 짓지 않았고
생색내고 싸우는 적 없다

산새 집 부서질까
노심초사 하면서
태풍과 전투를 치뤘다

산새 고라니 오소리 청설모
헤일 수 없는 짐승과 곤충들 품으며
하고 많은 생명체 거두면서도
집세 받은 적 없고
모든 걸 거저 내놓으면서
더 못 주어 열매 익히고
쉬임없는 노동으로
산소 만드는 임무에

밤도 꼬박 새운다

말썽꾸러기 멧돼지
바람소리에 놀라
잔 나무 꺾으며 뭉개도
너그러이 품어 안는 숲

전투에서 벼락 맞은 오동나무
타버린 몸뚱이 신음 삼키며
마지막 잎새 한 잎까지
꺼져가는 마지막 숨으로
산소를 내보내는
오동나무, 이름을 스스로 지우고
이름 없는 영웅으로
생을 갈무리 한다

숲은 서로 배우고 배워
실천하는 지식인으로
산소를 만드는 노동자로
열매 키우는 농민으로
교양에 배이고 사색으로 풍부해져
세상을 든든하게 가꾼다

이름 없는 영웅은
숲에 바친 죽음도
기꺼이 행복하게 들인다

힘 모으는 개미

개미 한 마리 콩 한쪽 찾았다
두리번 두리번 암호를 쏘니
한 마리 두 마리 스무 마리
에워들었다

흙덩이 돌덩이 울퉁불퉁 험한 길
골짜기 지나 절벽에서 쿵
개인 욕심 없어
날아갈 듯 가뿐한 개미는
거물 콩에 깔려도
압사하지 않는다

아주 흔쾌히 땀 흘리는 개미의
노동의 콧노래가
감나무 잎을 춤추게 한다

계곡을 돌아 강물 헤쳐
골고루 나눠먹는 개미집 개미방
이렇게 나눠먹는 개미를 보고

콩 한쪽도 행복해 했다
나도 나의 주인이 되었다고

쓸모 있는 삶이 되었다고

개미방은 노래로 가득 찼다
개미집은 춤으로 출렁거렸다
개미와 콩은 하나가 되었다

눈 내리는 산골

펑펑 눈이 내려 쌓이고
겨울잠에 들어간 밭등은
순결로 덮히었다

죽음의 고개 사경으로 넘었던
이제 무덤이 되어버린 세상사 위로
다시 시작하는 그 대 소중하다고
소리 없이 속삭인다

얼음덩이 같은 자본에 먹히다
체한 품삯 토해내고
하늘 노래진 노동자를 부축하는
나무 군불 때는 농사꾼의 눈에
동병상련의 눈으로 잠겼다

어려운 사람이 어려운 사람에게
속사정을 알아보고 딱해하는 얘기들
내리는 눈은 차곡차곡 눌러쓰고

참다운 세상은 무덤 속에서도 태어난다고
되살아 오르는 순결의 비상으로
전쟁의 상흔 어루만지느라
밤새 하얀 눈이 간곡히 내린다

동지애

분열의 골씨 심어 아옹다옹하는
전쟁터 같은 공장의 현장에도
은밀하게 사람의 정이 오고가고
자본이냐 노동이냐
팽팽한 줄다리기 계속되지만
결국 민주주의 우물을 파고
투쟁의 고단함도 샘물로 목 축이는
혼자만 잘 사는 것이 아닌
모두 잘 사는 하느님의 길
철거덕거리는 기계소리도
우리 편이 되어 응원하는
땀내 나는 사람들의 정이 오붓한
생기가 넘쳐흐르는 그 날이 오리

지배의 회초리에 멍든 상처
서로 내보이며
시간이 좀 걸릴 뿐이라고
무릎 꿇지 않고 싸우는 승리의 믿음은
전승의 고지를 향해 달리는 천리마

동지섣달 세찬 추위도
비닐천막 농성장 노동자에게

누가 되어 어쩌나
동동동 구르며
고개 숙이고 지나가듯이
칼바람도 녹인다
햇솜같이 따뜻한 동지애
최고의 사랑이다
최고의 무기다
착취로 터질 듯한 자본의 배때지를
보기 좋게 가를 것이다

봄볕 받고 돋아난 욕심 없는 쑥무더기처럼
태양이 좋아라 바람이 좋아라 비가 좋아라
착한 마음 옹기종기 동지가 좋아라
온 세상에 노동자 승리의 생명
세계를 활짝 살아나게 하리라

새해 복 많이 받으세요

얼음장 속 시냇물 대지의 눈물 모여 흐르고
돌 틈 송사리 얕은 잠처럼
시름시름 겨웠던 한 해 저무는 밤
새해 복 많이 받으세요
주고받는 덕담에
쌓인 눈 따스히 녹아내리고
어릴 적 아픈 배 만져주던
외갓집 할머니 손길 같은 세상
올해는 왔으면

체한 명치끝 덩어리 같은 분단의 아픔으로
삭아가는 겨울나무 마른 잔가지 위로
생명의 복아 가거라
질질 저임금에 끌려 장시간노동 쇠고랑이 채워진
늘 시간에 쫓겨 동동거리는 노동자 위로
생활임금 8시간노동 복아 가거라
종자값도 못 건지고 농사삯도 못 건지고
마른 덤불 같은 신세 애간장 끓이는
빈농 위로 복아 가거라
알바로 겨우겨우 때워가는 냉대 받는
청년실업자 위로 복아 가거라

고루고루 굽어 살펴보는 하늘은 분명
복을 내렸다고
바람소리 되어 쌩쌩 사나운데
복을 가로채 가는 자 이놈들 죽이고 살리는 건
만백성이 할 일이라

노발대발 했던 하늘 금방 잠잠해진 목소리
복은 주었으니 그대들이 찾아 누리라
고약한 몇 놈만 정리하면 된다
대단결이 민심의 본심이다
본심을 찾으라
민심을 품어 안은 하늘
또 복을 내린다

항일독립운동가 권오설선생 88주기를 추모하며

안동 가일마을 시냇물도
식민지 조국 구해 달라
졸졸 간곡하게 곡을 하니
'보시오 저 흐르는 물이 아무리 거대한 암초가 있다고
흐르는 물이 흐르지 않겠는가 모든 운동은 저 흐르는 물과 같이
더욱 진전되리라고 단언 합니다'라고 외치며
가을 메뚜기도 툭툭 항거를 하는 빼앗긴 땅
온 가슴에 담고
서슬 푸르게 항일의 길 살다간 권오설

3.1항쟁 후
일제와 타협하기 시작한 민족주의 세력을 뒤로하고
일제와 타협하지 않은 좌우합작의 길을 열었던
6.10만세운동을 조직하다가 투옥되어
잔혹한 고문으로 갈가리 찢긴 훼손된 시신
감추려고 1930년 일제가 용접하여 보내온 철제관
또다시 평장에 갇혀
아프고도 장엄한 역사가 되었다

아직도 이 땅에는 외세의 먹구름장 있어
항일의 역사 제대로 세우지도 못하는 언저리에서

후대의 따스한 손길 그대와 맞잡으며
이제 시작이라고
눈물범벅의 길 헤치며
통일조국의 길 아로새기며
그 대의 생목숨 찾아주리
짧은 생애 불같이 살며 일구었던
농민운동 노동운동 민족해방운동은
지금도 우리가 지고 가야할 지겟짐으로
지팡이 짚고 단단히 가야할
물려받은 유산이다

항일독립운동가 찬란히 떠받들
그 날을 이루기 위해
야무진 맹세 그대에게 바치며
새 하늘 새 세상 위해
우리 새 역사에서 온전히 만나리
검붉게 녹슨 철제관 일제의 죄악을
대대손손 새겨 기억할
통일조국에 묻어주리

2018.4.27. 판문점 선언

남북해외동포 일억 명이 하나같이
평양냉면 먹고 싶어 꼴깍
침 삼키는 날이었다
파안대소 하는 두 정상의 sbs에 실린 사진
보고 또 볼 때
돋보기 밑으로 줄줄 흐르는 눈물의 눈에
난생처음 가장 기쁜 행복한 웃음이
한동안 머물렀다 끝없이
이어지리라 믿음 민족이 받들어
힘든 일이 있으면 같이 힘을 합쳐
이겨나가자고
이리 가슴 깊이도 와 닿는지
이제 우리 민족 앞에 못 이기고 나갈
일 없다고
굳게 맞잡은 손
민족의 믿음과 사랑이 이리도 아름다운지
세계 평화와 행복이 비로소 이 곳에서
뭉개뭉개 피어나구나
태양이 기뻐서 눈물을 흘리누나
판문점이 새로운 역사의 출발점이 되다니
백두와 한라가 만나 티 한 점 없는 순정으로
민족의 새 역사 쓰고 있구나

피의 진달래와 동백꽃
허투루 지지 않았구나
죽음으로 민족의 생명 받들어
받들어 온 무수한 생명들
활짝 4월 지천에 피어
함께 기쁨의 노래
지휘자의 지휘봉에서
세계 인민의 노래가 되누나

인민은 혁명가로 태어났다

혁명을 하려거든
뼈가 부서지도록 일해야 한다
인민이 흘린 눈물 강물로 흐르고
인민이 당한 고통 짓물러져
피로 아로새긴 역사가 되었는데
먼 산만 보고 눌러앉을 것인가

새 생명을 피울 물이 되는 것
우리의 정성이 다하면
인민은 대들보가 되어주고
서까래가 되어주고
지붕이 되어주고
앞마당의 봉숭아가 되어
아이들 손톱을 이쁘게 물들이기도 하고
시골집 여름밤 평상에서 먹는
뜨거운 햇감자가 되기도 한다

억압받지 않는 노동이 되는 것
지배받지 않는 민족이 되는 것
인간의 자주성 투쟁은
티끌도 진흙 발라 뭉치게 하고
하늘의 구름들도 뭉치게 하여

생명의 물을 뿌릴 것이니
인민 속의 뜨거운 만남
차곡차곡 쌓이면
절정의 혁명은 인민이 하는 것이다

삼성 이재용이 대통령을 흔들고 움켜쥐고
대통령은 인민을 배반하고
펜타곤이 살인의 무기 하늘까지 쌓아도
당해낼 수 없는 건
인민이 분노의 밥숟갈을 뜨며
돌격해 나가는 것
미래를 현실로 만드는 것
뼈가 바스러지도록 일하는 혁명가의
부서진 뼛가루 속에
번쩍이는 번개로
혁명은 바로 오늘이 된다

숲에 울리는 빗소리

그 어디에 사악한 것이 있더냐
내리는 빗줄기 총총이
나뭇잎을 울리니
주는 것만 알아서
맑은 공기 퐁퐁 솟구치며
주는 마음만 여울여울 고마운 나무

나무처럼 맑은 마음만 뿜어내는
초인은 외롭지 않아라
세상이 내 꺼가 아니라
모두의 것이라는 뽀득뽀득
나무는 열매를 맺고
모두가 같이 먹어라
그곳에 빈털터리가 있겠느냐

속임질만 하는 여우같은 인간이
빼앗기만 하는 야수같은 인간이
투쟁으로 힘겹게 이루어가는 인간의 발걸음에
덫을 놓고 무기로 위협하고
자본으로 감옥을 짓는
자본가는 욕망의 별장에서
빗소리를 들어도

빼앗는 계산 주판알 소리로 듣구나

곡식을 주려고 농민은 논밭을 갈아엎고
물건을 주려고 땀 흘리며 생산을 하는 노동자
나뭇잎에 내리는 빗소리의 주인들
반인간적 자본주의 체제에 항거하는
초인 같은 사람들 함성을
나뭇잎에 내리는 빗소리는
고스란히 음악으로 담아낸다

빼앗기만 해서 굴러가는 자본주의 속에는
빼앗겨서 여기저기 멍든 90% 사람들이
마음에 묻은 상처를 서로 내보이며 도란도란
맑은 빗소리 사람들 얘기에
눈물로 젖구나

송장이 활개 치는 삼성재벌

돈에 썩어 문드러진 송장이 활개 치는 삼성재벌
김용희 해고자에게 10억으로 노조포기각서 강요해도
거부하자
돈에 팔려가지 않는 김용희 인간승리를 보고
돈이면 다 될 줄 아는 너희의 패배
인정하고 싶지 않아서
이재용 돈 송장도 분노를 하는지
자본주의 암흑의 골짜기에서
미쳐서 돌아치누나

90년 각목테러로 뼈마디 부러져 20일 입원치료
삼성 부서장이 15일간 납치구금
91년 노조설립 총회 날 경찰이 납치
노동탄압 당하는 아들을 보고
아버지 유언장 남기고 행방불명
92년 경찰관이 김용희 아내 납치하여 성폭행
94년 복직 하였는데 삼성건설 러시아 스몰렌스키
공사장에 이직 시켰다가
간첩으로 조작하여 누명 씌우고
한생을 깡그리 침탈당한 김용희 노동자는
2018년 119일 단식투쟁 중 쓰러지고
2019년 6월 10일부터

강남역 25m 철탑 고공단식농성 55일째 후
뼈도 퍼석해진 몸으로 미음으로 연명하며
달구어진 철판 위에서 살인더위에 시달리며
목숨을 내건 극한의 바늘 끝 투쟁

무노조 방침 삼성자본 무법천지가
생사람을 귀신의 굴에 넣고
폭력으로 뺑뺑이 돌렸지만
서슬 푸른 맨 정신 더욱 반짝반짝 빛이나니
결국 너희가 가둘 수 없는
김용희가 두려워
이재용은 바들바들 떨고 있구나

노동자의 생피를 마셔
복어처럼 솟아오른 너희의 배때지가
노동자의 창끝에 찔려
풍선처럼 터질 날
하루하루 다가오고 있으니

이미 민주노조 정도가 아니라
악질재벌을 몽땅 접수 할
인민이 주인 되는 사회주의 아침이
자본의 깜깜한 밤을 타고
동터 오고 있으니
인민의 힘으로 기필코 오고 말 것이니

너희의 돈에 썩은 송장 무릎이
노동자가 작동하는 단추로
자동으로 꺾여 무릎 꿇고 말 것이니

삼성재벌과 썩은 자본주의 첨단의 인간지배가
고스란히 까발려진 김용희 철탑투쟁
노동은 나아갈 방향이 뚜렷이 밝혀지지 않았는가
인민은 무엇을 위해 살아야 하는지
혁명의 새벽이
짙은 밤안개를 걷고 서서히 밝아오고 있다
인간을 지배하지 않고는 지탱할 수 없는
독재 자본주의가 무릎 꿇고 말 것이니

김용희 삼성해고노동자 투쟁 앞에
삼성중공업 이재용위원장 투쟁 앞에
삼성일반노조위원장 김성환 투쟁 앞에
문재인은 자본의 밥통에 얼굴 처박고
감감 무소식이구나

코로나 정국

자본가자유주의 몰락의 징조 세계대공항에
코로나가 기승을 부리니
자영업자는 손님이 끊겨 죽을 맛이고
노동자는 일자리를 잃어
내일 아침이 당장 걱정인데
있는 놈들은 숟가락몽뎅이까지 빼앗으려
더 떵떵거리니
우리가 뭉칠 기회인데

원망스런 절규가
자신 탓만을 할 수 없고
백지장만한 여유도 없으니
지옥이 따로 없네
우리끼리 싸우면 안 된다
불화가 얽힌 세상의 근본원인
한 과녁을 제대로 같이 맞추어
쏘아야 한다
우리끼리는 서로 팍팍 밀어주며
사랑을 나누어야 한다

코로나로 드러난
우리가 미국보다 낫고

유럽보다 낫다고 하면서도
가진 것 없는 우리는
당장 어려운 살림살이로
네 몸 내 몸 갈라져 우리끼리
강팍한 마음 있으니 이 어쩌랴

같이 못살면서도
나보다 쥐꼬리만큼 나은 사람도
꼴 뵈기 싫어하니
살길은 우리끼리 사랑인데

미국놈도 물리치고 악질자본가도 심판하고
우리민족끼리 통일도 해야 하는데
이파리 키우며 맑은 공기 뿜어내는
오월의 나뭇잎 일치단결 투쟁처럼
없는 사람끼리 빼앗긴 사람끼리
큰 사랑을 나누자

강팍해진 사람은
또 다른 강팍한 사람을 만드니
무기 벼려 싸움을 만들기 전에
주저앉아 자신을 무력하게 하지 말자
이럴 때일수록 우리끼리 사랑을
소중히 하자

먼저 한 사람 사랑을 만들면

백배 천배 불어나는
사랑은 그런 것이니
우리끼리 어렵다고
고인 물로 막혀있지 말고
철철 흘러 큰 사랑을 이루자

네 손 내손 진심으로 따뜻이 잡고
힘을 몰아 세상을 바꾸자
없는 것도 서러운데
좁쌀같이 흩어지지 말자
우리끼리 힘을 합쳐
오월나뭇잎처럼 허심탄회하게
세상을 통일로 바꾸자

어머니 치마폭

우리는 많은 사람을
감싸 안아야 한다

어렸을 적
어머니 치마폭 속으로
나의 수줍음을 가렸던
그렇게 기댈 수 있는 세상
우리가 만들어가야 한다

추석보름달 감쌈이
어머니 품 같아
있어도 없어도
믿음의 사람이
내 몸을 고요히 흔들어 깨운다

다들 얼마나 고단 했던가
이 삭막한 세상에 산다는 것이
빼앗겨 빼앗겨 가진 것 없이
산다는 것이
얼마나 힘듦이었던가

우리들의 아픔

보름달에 녹아져
세상을 환하게 비추는
빛이 된 것을

해가 있어 달이 빛나고
마음에 품은 해가 있어
우리는 달빛이네라

모든 것을 가려주던
어머니 치마폭은
아픔이 진득히 배인
사랑이네라

그릇된 세상 바로잡아 가는 젖줄기
어머니 사랑은
가시에 찔렸던 아픔을
헤치고 솟은
보름달이네라

빛은 스스로 태우는
어머니 품인 것을

만남의 노래

돌멩이에도 부딪치고 바위에도 부딪치며
흐르는 물은 생채기를 입지만
초를 쪼개며 흐르며
만남을 이루고 금새 아물리고
만남의 노래를 품에 맞게 부르며
어울림으로 내달린다

못났다고 구박하며 허세에 찌든
인간을 밥 먹듯이 내던지는 것들
물소리 한번 제대로 담아 봤느냐

민중은 흐르는 물
가는 길 막혀도 기어이 새길을 내는
지축 같은 힘을 안에서 키워온
고비마다 상처 아닌 것이 있었으랴

아물림의 새살이 돋는 이겨냄이
잘 여문 배추속같이 고소하게
갖은 양념으로 세상을 맛깔스럽게
버무리는 무수한 민중의 몸짓

누가 민중을 어리석다 내팽개치는가

한 치 얕은 지속도 모르며
권세를 내지르는 것들
물소리 한번 제대로 들으며
속을 씻어 봤는가
상처 난 남의 몸을 내 몸같이
보듬어 보았는가

결코 생색내지 않는 물줄기는
민중의 바다를 이루어
파도의 노래로 영원한 울림 속에
인간은 비로소 평화의 깃발을
휘날릴 수 있는 것
거짓 평화는 인간의 적이다

평화를 위해 거짓과 싸우는 거대한 힘
당찬 민중의 흐름
역사는 두 만남의 뜨거운 정이 엉킨
한 물줄기다
한번 만나도 속정이 깊이 드는 것이
바로 민중의 만남이다

조선인민혁명군

사람은 돈은 없어도 살 수 있지만
인덕이 없으면 못 사느리라
나라를 찾지 않고는
집에 올 생각일랑 말라
동구 밖 고개 올 때까지
어머니는 사립문 밖에 서서
손 흔들고 있었다

압록강 노 젓는 뱃사공 노래에
조국을 가슴에 묻고 저밀 때
뜻이 높으면 많은 동지를 만날 거라고
산천은 일러주며 바래주었다
헤어지는 서글픔보다
산맥이 용솟음치는
조국을 해방시킬 희망에
온몸이 달아올랐다
만나는 사람마다 동지가 되었다

굶어 죽을 각오 얼어 죽을 각오 맞아 죽을 각오를 해야
조국을 찾는 길에서
생명을 누릴 수 있다고 새기고 새겨
우리는 일제 놈과 전투에서

승리만이 있었다
다음 전투를 하기 위해
산맥을 넘을 때
두길 쌓이는 눈에 눈굴을 파며
행군을 이어갔다
나무껍질 벗겨 국물을 우려 마시고
생눈을 먹으며 허기를 쫓았다

펑펑 쏟아지는 눈을 뚫고
불빛이 반갑게 손을 내밀었다
깊고 깊은 산속 귀틀집
화전민 노인네가 감자를 삶아 내왔다
"이것 밖에 없소이다
정성을 받아 드시면 고맙겠소이다"
우리는 이렇게 실향민의 사랑을 먹고
살아남아 승리의 전투를 이어갔다

마을을 해방시키고
장작을 패주고 마당을 쓸고 물도 길러주며
도랑도 치워주고 방아도 찧어주며
사랑을 나눴다
꼭 나라를 찾아 달라
주먹밥 똘똘 싸주며
마을의 끌끌한 청년들
무장대에 합류하고
우리의 진군걸음에 날개가 돋쳤다

고난을 두려워하는 자 비겁자가 되고
고난을 맞서 뚫는 자 승리자가 되니
이어지는 고난을 담금질로 벼려진
무기로 만들었으며
동지를 위해 목숨 바치는 동지사랑으로
우리는 목숨과 맞바꿔
일제에게 권총을 빼앗아 싸웠으며
적이 가진 무기는 바로 우리 것이다
우등불 넘실넘실 피워놓고 무용담 태우며
다음 전투를 준비 했다

'계란에 사상을 재우면 바위도 부순다'

우리의 애국사상
만주 일제 백만 군대를
깨부쉈다 조선인민혁명군

그리움

백두산 묘향산 금강산
산새들과 만나고 싶어라
천지 물에 손 담그고
소원을 빌고 싶어라

대동강변에 가서
낚시꾼 낚시밥도 꿰어주면서
진종일 얘기하고 싶어라

똑 부러지게 말 잘하는
북녘아이들 쓰다듬어주고 싶어라

하루 세끼 꼬박
평양냉면만 먹고 싶어라

말 섞고 웃음 섞고 울음 섞고
75년 떨어진 몸 섞고
부둥켜안고만 있고 싶어라

갈라진 우리 고생 많았다고
깊은 눈으로 서로 헤아려주고 싶어라

맑으면서도 야무지고 고상한
김여정 부부장의 손도 잡고 싶어라

현지답사 때
우르르 몰려가 팔짱끼고 사진도 찍던데
섞여 사진도 찍고 싶어라

국가보안법 언제 없어지나
심봉사 번쩍 눈 뜨고 심청이 만나는
이게 생시이냐
그날은 언제 오나
총선 이겼는데
다음 대선 이겨야 오나

하늘과 하늘이 이어지고
땅과 땅이 이어지고
바다와 바다가 이어지고
사람과 사람이 이어지고
그 누구도 갈라놓지 못하는
하나 된 세상
우주의 샛별이어라
이날은 언제 오나

봄비소리

타이르듯 내리는 봄비소리
엄마가 불러준
'…… 망치를 들고 ……' 낮은 자장가가
되살아 돌아오니

구겨진 사랑 곱게 펴
차곡차곡 마른빨래 개듯
마음에 담네

민들레 귀 세우고
봄비 음악 담아
쫑긋 노란 꽃잎
우주의 자궁 속에서
태아의 꿈을 꾸네

산목련 꽃잎
빗줄기를 젖줄기로
환한 세상 열어가는 꿈
나누어주니
전쟁고아 장수가 되어
나라를 구하고

북녘에서 피어난
남북을 잇는 무지개 꿈
봄비가 되어

자본주의에 불구가 되어
주저앉은 노숙자를
말갛게 씻겨주니

북녘세상 남녘세상
하나 되는 세상
4.16리본 개나리 꽃잎으로 주르르 이어져
휴전선 허무네

가시철망도 녹이는
민족의 봄비는
우리 마음속에 담겨
평화의 노래 찰랑이네

우주의 노래 민족의 노래
날선 제국주의도
스르르 잠들게 하네
영원히 잠들게 하네

통일을 꿈꾸는 백절불굴(百折不屈)의 물고기 시인

임시현 (문학박사)

시인은 세계의 눈이다. 독일의 낭만파 시인 아이헨도르프가 「시인에게 부친다.」에서 시인을 위한 아포리즘이다.

낭만파는 하나의 청춘 운동이었다. 왜냐하면, 이 운동도 세월이 지남에 따라서 그 시적인 내실과 언어가 당초의 직접성을 상실해 갔기 때문이다. 만년의 아이헨도르프도 이와 같은 위험에 봉착했다.

그러나 그의 청년기와 성숙기에 있어서는 낭만적 세계의 마력뿐만 아니라 그 내면의 여러 갈등까지도 다시 한 번 개화하여, 그것이 넘쳐흐르는 시적인 환상, 음악, 그리고 몽상력으로 나타나기도 했다.

박금란의 시는 낭만파의 몽상과는 거리가 멀다. 한국의 초기 시들이 프랑스의 낭만파 시인들의 시결을 따라 했던 것과는 다른 원목으로 짠 색다른 가구인 것이다. 가구는 잘 만든 집에 놓이고 편안함으로 인간을 유도한다. 그러다 인간을 위한 집과 가구들이 집안을 차지하고 인간은 가구를 위한 장식으로 존재할 뿐이다.

그러나 박금란의 시는 싱싱하다. 필요한 가구인 것은 분명한데 집 밖에서 사용해야 할 거대한 가구인 것이다. 그의 시에 나타나는 물고기부터가 심상치 않다.

말 못하는 물고기들이/지느러미 곧추 세우고 시위를 한다./스가 너나 마셔라 오염수/눈이 튀어나오고/몸이 불거 터지는 배때기로 뒤뚱뒤뚱/너나 그렇게 죽어가라//

일제와 미제/두 제국주의가 손발 맞춰 하는 짓/그 장단에 놀아나고 싶지 않다//

죄악이 절절히 배인 너의 낯판이/고립되고 응징되는 날/꼭 있으려니//

인간을 괴롭히는 두 제국주의가 없어져야/지구별이 평화를 찾으려니/일본 원전 오염수 방출/인간과 바다와 물고기 해초와 연대하여/막아나서야 하리/일본을 응징해야 하리 //

〈싸우는 물고기〉-중

여기서 물고기는 일제와 미제 두 제국주의를 인간세상에서 없애버리고자 하는 백절불굴(百折不屈)의 정신을 가진 존재인 것이다. 토마스 모어는 「恐怖를 모르는 사람」에서 '백절불굴(百折不屈)의 물고기만이 시냇물을 거슬러 올라갈 수 있다.'고 했다. 그 물고기 인 것이다.

"인간을 괴롭히"고, "죄악이 절절히 배인 낯판"을 고립하고 응징시키고자 하는 물고기는 정녕 무서움을 모르는 존재이며, 恐怖를 모르는 사람으로서 상징하고 있는 것이다.

이 시의 상상력은 동화적이다. 그러하고도 전혀 낭만적이지 않다. 더욱이 몽상적이지도 않다. 눈에 보이는 감정에 넘쳐흐르는 시적인 환상, 그 자체 일뿐이다. 한국의 현대의 시결詩結과는 다른 결인 것이다. 그러다보면 한국의 문학생태계에서는 편하게 숨 쉬고 살아내기가 어려울 것이다. 박금란은 그런 삶을 원하지는 않는 것 같다. 그의 시 전반에 흐르는 의지는 당당하다.

> 우리가 그리워하는 신비의 은빛 물고기/국가보안법이 막아서도/바로 곁에 있네 //
>
> 〈은빛 물고기〉-중

이 시에 나오는 물고기는 국가보안법을 막아서는 물고기이다. 철학자 김형석의「물고기의 꿈」에 의하면 '짐작컨대 물고기는 그 싱싱한 생명력 때문에 건강, 장수 등을 비유하며, 값진 찬이 되기 때문에 돈이나 부의 상징이 되어 왔는지 모른다.'라고 했다. 돈이나 부의 상징인 물고기가 국가보안법을 막아선다는 것은 '그리워하는 신비'로서 상징하지는 않았겠지만 신비로운 상상력인 것은 위대한 민중의 돌파력을 기대하는 믿음으로서의 '은빛 물고기'인 것이다.

1914년 3월 6일자 매일신보에 예단일백인(藝壇一百人)이라는 꼭지가 있었다. 여기에 여류 한문시인 손진홍(孫眞紅)의 시에 은린옥척(銀鱗玉尺)이 나온다. 펄펄 물위로 뛰노는 물고기를 그리고 있다. 사전적으로 '은빛 물고기'는 모양이 좋고 큰 물고기를 의미하고도, '물고기'를 아름답게 이르는 말이기도 하다.

박금란의 '은빛물고기'는 거대한 국가보안법을 막아서는 더 큰 민중의 힘이며, 순결하고 아름다운 모습으로 호명된 것이다. 전혀 낭만적 풍경과는 다른 싱싱한 시적 환상으로 말이다.

시인은 나라의 넋이다. 그레이엄 그린의 「권력과 영광」에 나오는 말이다. 영국 태생의 작가로 독특한 상상 세계의 창조자로 자리매김 하고 있다. 이 소설은 5주간 멕시코 여행 후 창작한 대표적 장편소설이다. 가톨릭을 박해하는 멕시코에서 인간이라는 심연과 그의 유혹을 견디지 못해 타락한 한 신부가 도피와 고뇌를 거치다가 기이한 순교담을 듣게 된다. 불구가 된 세상이 오히려 신의 대리인에게 내리는 가혹한 형벌 혹은 놀라운 축복을 준다는 스토리를 담고 있다. 이 소설은 정치와 신앙의 대결뿐 아니라, 신앙의 초월성을 암시한다.

박금란의 시대적 문제의식은 통일이다. 이 통일은 작가에게 신앙이며, 초월성을 노래하는 것이다. 통일을 위한 살아가는 존재자로서 분단으로 불구가 된 현실에서 가혹한 형벌 혹은 놀라운 축복을 글로 각인하고 있는 것이다.

동양적인 문학관에서 보면 박금란 시인에게 통일은 행동이자 윤리이다. 『중용』 오종주장 세 번째 절에 나오는 말인데 "이제 천하의 수레는 그 궤도가 같고 글은 글자가 같으며 행동은 윤리가 같다" 는 내용이 있다.

분단된 한 민족의 땅이 통일이 되면 기찻길도, 말을 통한 생각도 공유 할 수 있는 공동체를 만들어 가고 싶은 투철한 걸음이다. 언어와 사유는 거칠어도 당연한 표현들이다. 쑥스럽거나 어리바리해서 사용하지 못하는 몽상력을 가진 낭만파의 시결詩結과는 다른 문학생태계에 자리하고 있는 것이다.

분단체계의 공간에서 통일을 노래하는 것은 공포와 두려움을 가지고 써야한다. 이범선의 소설 「오발탄」에 등장하는 철호어머니의 절규는 현재에도 연장되어 자리하고 있다. 누구도 허가를 받지 않고 남북 어느 쪽으로든 갈 수 없다. 금기의 순간부터 남과 북을 동시에 욕망하는 것 자체가 죄이며, 공포이기도하다. 그 공포를 이용해 권력을 장악하고 유지하는 일을 반복적으로 지켜보고 당해왔다. 휴전선의 금기가 만든 공포와 두려움이 분단체계를 강화시켜온 것이다. 이 금기를 깨고자 늘 사유하고 펜을 든다는 것은 '백절불굴(百折不屈)'만이 가능하다. 시냇물을 거슬러 올라가는 과정은 유토피아를 향하여 가는 물고기처럼 백번을 꺾어도 결코 굽히지 않고 전진하는 것뿐임을 민중에게 고하고 있는 것이다.

박금란 시인은 백절불굴(百折不屈)의 물고기처럼 낭만파의 봉착을 돌아서서 시적인 내실과 언어가 당초의 직접성을 무기로 사용하여 통일의 시를 쓰는 것이 인생의 과업으로 보인다. 부러울 뿐이다.

박금란 시집

당신의 향기

초판인쇄 2021년 10월 27일 **초판발행** 2021년 10월 30일

지은이 **박금란**
펴낸이 **이혜숙** 펴낸곳 **신세림출판사**
등록일 **1991년 12월 24일 제2-1298호**

04559 서울특별시 중구 퇴계로49길 14,
충무로엘크루메트로시티2차 1동 720호
전화 02-2264-1972 팩스 02-2264-1973
E-mail : shinselim72@hanmail.net

정가 10,000원

ISBN 978-89-5800-239-0, 03810